L'accident

L'accident

Diane Hoh

Traduit de l'anglais par
LOUISE BINETTE

Les éditions
Héritage inc.

Données de catalogage avant publication (Canada)

Hoh, Diane

    L'accident

    Éd. rev. et corr.

    (Best seller frissons ; 3)
    Traduction de : The accident.
    Publ. à l'origine dans la coll. : Frissons. 1992.
    Pour les jeunes de 12 ans et plus.

    ISBN : 2-7625-1318-9

    I. Binette, Louise. II. Titre. III. Collection

PZ23.H6276Ac 2001   j813'.54   C2001-941168-5

Copyright © 1991 Diane Hoh
Publié par Scholastic Inc., New York

Version française
© Les Éditions Héritage Inc. 1992, 2001
Tous droits réservés

Dépôts légaux : 3e trimestre 2001
Bibliothèque nationale du Québec
Bibliothèque nationale du Canada

Mise en pages : JMGRAPHE

ISBN : 2-7625-1318-9   Imprimé au Canada

LES ÉDITIONS HÉRITAGE INC.
300, rue Arran, Saint-Lambert (Québec) J4R 1K5
Téléphone : (514) 875-0327
Télécopieur : (450) 672-5448
Courriel : info@editionsheritage.com

FRISSONS™ est une marque de commerce des éditions Héritage inc.

Nous remercions le ministère du Patrimoine canadien pour son aide financière.

Gouvernement du Québec — Programme de crédit d'impôt pour l'édition de livres — SODEC

En donnant la chance à Juliette
de vivre à nouveau,
Marianne risque de ne plus jamais
reprendre son corps...

Chapitre 1

La chaleur était étouffante. Des nuages gris planaient au-dessus du lac et des immenses pins qui l'entouraient, telles des sentinelles géantes. Depuis plusieurs jours, le ciel nuageux promettait une pluie rafraîchissante sans toutefois se décider à la déverser.

Les élèves de la polyvalente se plaignaient constamment de la chaleur, inhabituelle pour un mois de mai.

— Il ne fait jamais si chaud à cette période de l'année, disaient-ils, les vêtements collés à la peau comme un mouchoir de papier mouillé.

De nombreux élèves, même les plus assidus, firent l'école buissonnière pour échapper à la chaleur torride qui régnait dans l'école.

Mylène Lamy, seize ans, sa sœur Barbara, quinze ans, et leur copine Laura Chabot séchèrent leur dernier cours du mercredi après-midi.

— Il fait sûrement moins chaud dans la forêt, sur le bord du lac, dit Mylène. Allons-y.

Elles abaissèrent la capote de la vieille et grosse décapotable jaune que leur frère Grégoire leur avait laissée lorsqu'il était parti étudier à l'université. Bien que Mylène eût préféré une mignonne petite voiture sport pour se balader dans la ville, elle avait vite appris à manœuvrer le véhicule éléphantesque en véritable experte.

— Nous aurions pu demander à Marianne et à Marjolaine de nous accompagner, dit Laura tandis qu'elles roulaient. Mais je ne crois pas que Marianne aurait séché un cours. Quant à Marjolaine, il me semble qu'elle devait répéter avec la troupe de théâtre après les cours.

— Je crois que Marianne avait des trucs à préparer pour sa soirée d'anniversaire, déclara Barbara.

Ses longs cheveux blonds flottaient autour de son visage parsemé de taches de rousseur.

— Elle est tout excitée. Comme j'ai hâte d'avoir seize ans !

— Ça viendra.

La grosse voiture jaune roulait maintenant sur la route qui longeait le lac.

— J'espère que ce sera plus frais dans la forêt, marmonna Mylène en négociant un virage. Si mademoiselle Beaulé apprend que j'ai délibérément séché son cours, elle me le fera payer. Cette petite excursion se doit donc d'en valoir la peine.

Comme elle le faisait toujours en approchant du virage en coude, Mylène ralentit et tint fermement le volant. Elle était passée ici des centaines de fois depuis qu'elle avait obtenu son permis de conduire au mois de janvier. C'était le trajet qu'elle empruntait chaque jour pour se rendre à l'école.

À sa droite se trouvait le lac, dont l'eau était encore trop froide pour qu'on s'y baigne. De somptueuses demeures et des chalets étaient dispersés sur la rive. La forêt s'étendait à sa gauche, tandis que la route se déroulait devant elle, tel un long ruban gris. Aucun véhicule ne venait en sens inverse ni ne les suivait. Elle aurait dû n'avoir aucun mal à négocier le virage.

Mais ce ne fut pas le cas. Lorsqu'elle tourna le volant, celui-ci bougea trop facilement, trop rapidement. La voiture refusa d'obéir et continua à rouler en ligne droite. Mylène fit une seconde tentative, avec plus de force cette fois. Le volant tourna dans le vide, comme s'il n'avait rien à voir avec la direction de la voiture.

— Barbara, il se passe quelque chose d'anormal, dit Mylène d'une voix basse et tendue.

Barbara leva les yeux, distraite.

— Quoi ? Qu'est-ce qu'il y a ?

En constatant que la décapotable ne s'engageait pas dans la courbe, elle se dressa soudain.

— Mylène…

Tout se passa très vite.

La voiture quitta la route, se dirigeant droit vers un poteau. Mylène commit alors une erreur.

Paniquée, elle appuya sur l'accélérateur au lieu de mettre les freins.

La décapotable fonça.

Les trois filles hurlèrent et portèrent instinctivement les mains à leur visage pour se protéger.

La voiture heurta le poteau, qui se brisa en deux sous la force de l'impact. La partie supérieure s'effondra au ralenti sur l'amas de ferraille jaune. Des étincelles jaillirent lorsque les fils entrèrent en contact avec l'acier et la chaussée.

Barbara, qui avait été éjectée de la décapotable comme une poupée de chiffon, reposait, assommée, dans l'herbe sur le bord du lac, loin des fils électriques. Elle murmurait le prénom de sa sœur.

Celle-ci se trouvait toujours dans la voiture. Son bras nu et ensanglanté pendait mollement au-dessus de ce qu'il restait de la portière. Laura, quant à elle, n'était pas visible dans la voiture démolie.

Puis, Barbara perdit connaissance. Seul le crépitement des fils électriques meublait le silence, qui ne présageait rien de bon.

Chapitre 2

Marianne Laurier se tenait devant la psyché ovale de sa chambre et, tout en écoutant le chant des oiseaux qui lui parvenait par la fenêtre ouverte, se demandait si sa robe bleu-vert devait être raccourcie pour sa soirée d'anniversaire. Le vrombissement des bateaux à moteur qui sillonnaient le lac derrière la maison ainsi que le bruit de la télévision rendaient le chant des oiseaux presque inaudible. Toutefois, Marianne arrivait facilement à oublier les sons qui ne l'intéressaient pas et à n'entendre que ceux qu'elle appréciait.

On étouffait dans la chambre bleue et crème au plafond incliné, située à l'arrière de la maison. Les vieilles maisons comme celle-là, que la grand-mère de Marianne, Marthe, avait laissée en héritage à sa fille, n'étaient pas climatisées. En temps normal, la brise qui venait du lac rafraîchissait la maison; durant cette vague de chaleur, cependant, même le vent était terriblement chaud. Le tissu soyeux de la robe collait désagréablement à la peau moite de Marianne.

Il fallait pourtant qu'elle vérifie la longueur de la robe. La soirée d'anniversaire que ses parents donnaient pour célébrer ses seize ans approchait à grands pas et il y avait encore beaucoup à faire.

— Nous organiserons une magnifique soirée pour tes seize ans, Marianne, lui avaient dit ses parents, mais à la condition que tu fasses un effort pour avoir de meilleurs résultats à l'école.

Cela n'avait pas été facile, mais Marianne avait travaillé dur et obtenu de bonnes notes. Elle aimait bien l'école, mais avait beaucoup de mal à se concentrer.

— Marianne est une rêveuse, avait dit mademoiselle Biron, son professeur d'anglais, à ses parents lorsqu'ils s'étaient rencontrés. Elle est intelligente, mais passe trop de temps à regarder par la fenêtre durant les cours. Quand je l'interroge, elle paraît toujours surprise, comme si elle ne savait pas vraiment où elle se trouvait. Cependant, elle me donne presque toujours la bonne réponse. Et elle en est la première étonnée !

Son père lui avait adressé de sévères réprimandes et, puisque Marianne avait redoublé d'efforts depuis lors, la soirée d'anniversaire aurait lieu.

Dans un peu plus d'une semaine, elle aurait seize ans. Tous ses amis avaient très hâte de fêter cet anniversaire magique, mais pas autant que Marianne.

Aujourd'hui, elle aurait dû être folle de joie en pensant à cette fête. Mais elle s'était plutôt sentie angoissée toute la journée, sans raison. La chaleur, sans doute… Pourtant, dans son esprit, elle savait que *quelque chose* n'allait pas.

Marianne examina la robe d'un œil critique. Elle devait être impeccable pour la soirée d'anniversaire qui aurait lieu ici, dans la grande maison blanche au bord du lac. Il y avait tout juste trois mois que Marianne et sa famille s'y étaient installés, soit deux mois après la mort de sa grand-mère.

Marianne releva ses épais cheveux noirs sur sa nuque. Ses boucles soyeuses encadraient son visage ovale et ses yeux verts. Marianne avait toujours cru qu'il s'agissait là d'une grossière erreur de la nature. Une fille aussi timide qu'elle n'aurait-elle pas dû avoir des cheveux bruns droits, tout simplement ? Cette chevelure noire bouclée n'aurait-elle pas mieux convenu à quelqu'un de plus exubérant ? On lui avait fait remarquer que ses cheveux étaient pareils à ceux de sa grand-mère, Marthe, lorsque celle-ci était jeune.

La jupe ample de sa robe d'anniversaire lui paraissait un peu trop longue. Marianne avait l'impression de paraître plus petite qu'elle ne l'était vraiment. Elle n'avait pas eu assez de chance pour avoir de splendides cheveux *et* être grande. Il lui faudrait peut-être acheter des souliers à talons un peu plus hauts, étant donné que Justin était plutôt grand. Elle ne l'avait pas encore invité à sa soirée d'anniversaire, mais elle avait l'intention de le faire d'une journée à l'autre. Ses meilleures amies, Marjolaine Benoît, Mylène Lamy et Laura Chabot, lui avaient dit qu'elle avait le premier choix, étant celle dont on célébrait l'anniversaire.

— Tu as le premier choix, avait dit Marjolaine d'un ton ferme.

«Je choisis Justin Carignan», se dit Marianne.

Soudain, la sonnerie du téléphone bleu posé sur la table de nuit devant la fenêtre résonna; la voix grave de Justin la salua.

— Et puis? Es-tu en train d'étudier en vue de l'examen de biologie de demain? demanda-t-il. Monsieur Morier avait une lueur malicieuse dans le regard lorsqu'il nous a appris qu'il y aurait un examen. Je crois qu'il ne nous ménagera pas! Il aime bien nous donner des sueurs.

Il rit.

— Désolé. C'est un mauvais jeu de mots. La ville s'est transformée en four depuis quelques jours.

Marianne rit à son tour. Durant la dernière année, Justin était devenu l'un de ses meilleurs amis. Il la faisait rire et l'écoutait, ce qui était rare chez les garçons de son âge. Il ne la taquinait jamais sur le fait qu'elle se promenait seule durant de longues heures. Le jour où elle était arrivée en retard au cours de biologie parce qu'elle s'était arrêtée pour cueillir des fleurs sauvages, il avait été le seul à ne pas rire. Il lui avait souri, puis s'était dirigé vers l'évier à l'arrière de la classe pour remplir d'eau un becher qu'il lui avait ensuite tendu. Marianne avait rougi en plongeant les fleurs dans l'eau. Justin avait posé le vase de fortune sur son pupitre où il était demeuré jusqu'au moment où les pétales fanés s'étaient mis à tomber.

Personne dans la classe n'avait ri lorsqu'il avait fait cela. Personne ne se moquait de Justin. On le prenait au sérieux. C'était merveilleux d'être son amie.

Elle était tombée amoureuse de lui ce jour-là.

Toutefois, elle ne l'avait pas encore invité à sa soirée d'anniversaire.

Parce que Justin Carignan, qui était grand, mince, avait les cheveux blonds ondulés et de magnifiques yeux gris derrière ses lunettes à monture d'acier, pouvait inviter la fille qu'il voulait et celle-ci se précipiterait dans les boutiques pour s'acheter une robe neuve avant même qu'il n'ait terminé de formuler son invitation. Alors pourquoi voudrait-il accompagner une fille qui n'était qu'une copine ? Et pas la plus excitante, d'ailleurs. Marianne avait également hérité de la timidité de sa grand-mère, Marthe. Elle détestait être timide, mais elle ne pouvait rien y changer.

— Justin est fou de toi, répétait toujours Marjolaine. Tu es la seule à ne pas t'en apercevoir. Il a peur de t'effrayer en faisant les premiers pas.

Si tu l'invites, il saura qu'il te plaît aussi. Vous pourrez alors vous détendre tous les deux.

— Tu es stupide, Marjolaine, répondait toujours Marianne. Nous ne sommes que de bons copains.

Néanmoins, elle espérait se tromper.

— Je viens d'ouvrir mon manuel, dit Marianne en se laissant tomber sur son lit sans se soucier de la robe bleu-vert qu'elle portait toujours. Tu es prêt pour l'examen?

Justin rit.

— Plus que prêt.

— Bien des élèves n'auront pas étudié.

Marianne se roula sur le dos. La robe émit un léger bruissement de protestation.

— Il y a beaucoup de monde sur la rive. Je suppose que c'est moins chaud là-bas. Je suis certaine d'avoir entendu le rire de Karine Turmel. Elle est également dans le cours de monsieur Morier.

— Si elle a l'intention de battre des cils en lui racontant que son manuel est tombé dans l'eau et qu'elle n'a pas pu étudier, elle ferait mieux de revenir sur terre. Monsieur Morier ne se laisse pas impressionner par les filles séduisantes.

Marianne ferma les yeux, blessée. Il trouvait donc Karine Turmel séduisante. Qu'avait-elle donc qu'elle, Marianne, n'avait pas? «Comme si je ne le savais pas, pensa-t-elle. Karine adore flirter et a une silhouette parfaite. Elle *est* séduisante.»

Une sirène hurla au loin. Puis une autre. Ce n'était pas la patrouille du lac. Il y avait peut-être un incendie ou un accident de voiture quelque part.

Le sentiment désagréable qui avait habité Marianne tout au long de la journée se fit oppressant. Les sirènes indiquaient que quelque chose de tragique s'était déroulé.

— Marianne, tu es là?

— Écoute, Justin, je ne peux pas passer la soirée à bavarder au téléphone.

Elle avait été piquée au vif par la remarque de Justin à propos de Karine Turmel.

— Tu n'as peut-être pas besoin d'étudier pour l'examen de demain, mais moi, si.

— Oh! D'accord.

Était-ce de la déception que Marianne perçut dans sa voix? Alors, pourquoi ne lui disait-il pas: «Tu me manqueras lorsque tu auras raccroché»?

Parce que Justin ne disait pas de telles choses à Marianne Laurier. Il parlait de livres, de musique, de métaphysique et du système solaire, mais il ne lui avait jamais dit: «Marianne, tu es le soleil de ma vie.» C'était pourtant ce qu'elle rêvait d'entendre.

— On se voit demain à l'heure du lunch?

— Bien sûr, murmura-t-elle d'un ton glacial.

Il y eut un bref silence.

— Ça va? demanda doucement Justin.

Elle agissait comme une enfant. Justin n'avait

rien fait de mal. Karine Turmel *était* séduisante. Tout le monde le disait. Cependant, Marianne n'avait pas envie de lui demander de l'accompagner à sa soirée d'anniversaire. Peut-être plus tard.

— Bien sûr, tout va bien. Je suis nerveuse à cause de l'examen, c'est tout. Je dois te laisser. À demain.

Dès qu'elle eut raccroché, elle s'en voulut de ne pas l'avoir invité. La soirée aurait lieu dans onze jours et celle dont on fêtait l'anniversaire n'avait encore personne pour l'accompagner.

«J'irai peut-être seule, après tout», se dit Marianne en allumant la radio. Mais sa mère la sermonnerait. «Vraiment, Marianne, dirait-elle, exaspérée. Pourquoi n'as-tu pas demandé à Justin? Je suppose que tu as remis ça jusqu'au moment où il était trop tard. Qu'est-ce que je vais faire de toi?»

Sa grand-mère, toutefois, la défendait toujours.

— Marianne est différente, c'est tout, disait-elle d'une voix douce lorsque les parents de Marianne levaient les bras au ciel, désespérés, parce que leur seule fille avait la tête dans les nuages. Tous les esprits créateurs sont des rêveurs. Elle écrira peut-être un roman à succès, un jour. Laissez-la donc tranquille.

Mais grand-mère les avait quittés depuis maintenant cinq mois.

Elle manquait encore beaucoup à Marianne.

Cette dernière se leva et lissa sa jupe bleu-vert juste au moment où l'on présentait un bulletin spécial à la radio.

« *Un grave accident d'automobile vient de se produire sur la route longeant le lac, à quelques kilomètres à l'ouest de la ville. Trois personnes ont été transportées à l'hôpital après que le véhicule dans lequel elles prenaient place eut heurté un poteau. La circulation a dû être détournée en raison de la présence de fils électriques sur la chaussée. Les noms des blessées, dont les familles ont été avisées, sont : Mylène et Barbara Lamy, âgées respectivement de seize et quinze ans, et Laura Chabot, seize ans.* »

Marianne porta la main à sa bouche. Elle resta plantée au milieu de sa chambre, paralysée. Mylène ? Barbara ? Et Laura ? Blessées ?

Elle était incapable de bouger. Les sirènes n'avaient pas hurlé pour des inconnus, après tout. Il s'agissait de ses trois meilleures amies. L'annonceur avait dit : « Un grave accident ». Grave à quel point ?

Quelques minutes plus tard, la sonnerie du téléphone retentit de nouveau, la faisant sursauter. Comme une automate, elle décrocha le récepteur.

— Marianne ? Marianne, c'est toi ? C'est Marjolaine. Marianne, dis *quelque chose* !

— Salut, dit-elle lentement. Mylène et Barbara…

— Je sais. J'ai entendu. C'est pour ça que je t'appelle.

— Qu'est-il arrivé? Mylène conduit pourtant très bien.

— Mon père croit qu'un pneu a éclaté. Il dit que lorsque la chaussée est très chaude durant plusieurs jours, les pneus ne résistent pas toujours. Il prétend aussi que, lorsqu'une explosion se produit, il est presque impossible pour quelqu'un de la taille de Mylène de pouvoir maîtriser une si grosse voiture.

— Oh mon Dieu! Marjolaine, c'est affreux! Sais-tu si elles ont subi de graves blessures?

— Non, pas encore. Mais mon père dit que, lorsqu'il y a des fils électriques qui se rompent, c'est plus long avant qu'on ne puisse dégager les… victimes. C'est trop dangereux pour les équipes de secours.

— Je n'arrive pas à le croire!

— Mylène était tellement excitée cet après-midi.

Marjolaine avala sa salive.

— Elle avait demandé à Robert Levac de l'accompagner à ta soirée d'anniversaire. Et il avait accepté…

Les deux filles demeurèrent silencieuses, se demandant si Mylène Lamy serait en mesure de célébrer les seize ans de Marianne dans onze jours à peine.

— Je suis incapable de parler de ça plus long-temps, dit Marjolaine en rompant le silence. Appelle-moi si tu apprends quoi que ce soit.

— Je le ferai. Toi aussi, d'accord ?

Après avoir raccroché, Marianne s'assit sur son lit, figée. Était-ce vraiment arrivé ? Ses amies avaient-elles vraiment heurté un poteau ? Comme elles ont dû avoir peur ! Marianne était incapable de les imaginer en train de souffrir. Et si elles étaient mortes ? Non, l'annonceur n'avait pas parlé d'un accident mortel. Il avait dit « blessées », ce qui était déjà très inquiétant.

Chancelante, Marianne se leva afin d'enlever sa robe. Elle se demanda si Mylène avait déniché la robe « parfaite » qu'elle cherchait pour sa soirée d'anniversaire. Cette pensée la fit fondre en larmes.

Soudain, Marianne sentit la température baisser de plusieurs degrés dans sa chambre. Les lumières vacillèrent et la radio s'éteignit.

Bouche bée et les yeux écarquillés d'étonnement, Marianne s'accrocha à l'une des colonnes du lit. Qu'est-ce qui se passait ? Était-ce un tremblement de terre ? Une tempête ?

Elle se dirigeait vers la porte lorsqu'une voix douce se fit entendre.

— Pourquoi pleures-tu, Marianne ? murmura la voix.

Marianne demeura clouée sur place.

La voix était faible et caverneuse, semblable à celle que renvoyait l'écho de l'autre côté du lac lorsque Marianne s'amusait à crier tard le soir.

— J'ai dit pourquoi pleures-tu ?

Chapitre 3

Marianne promena lentement son regard dans la chambre. Personne d'autre ne s'y trouvait.

Mais, lorsque ses yeux aperçurent le grand miroir ovale, elle eut le souffle coupé et porta les mains à sa bouche. Elle recula vivement jusqu'au moment où elle heurta la commode. Puis, elle demeura là, clouée sur place, complètement terrifiée.

Au lieu de son reflet, le miroir lui renvoyait l'image d'une plume fine et indistincte, d'un violet discret, qui oscillait doucement d'avant en arrière dans la glace. Peu à peu, tandis que Marianne fixait toujours le miroir, horrifiée, la plume adopta une forme vaguement humaine. On ne pouvait distinguer les traits du visage, mais seulement une tache dorée là où auraient dû se trouver les yeux, le nez et la bouche. Ni bras ni jambes n'étaient apparents. C'était comme regarder quelqu'un de loin derrière un voile délicat et fin.

«Je me suis endormie, je fais un cauchemar», se dit Marianne pour tenter de se rassurer.

— Je t'ai demandé pourquoi tu pleurais. Tu as l'air très triste.

Marianne frissonna. L'air qui pénétrait par la fenêtre ouverte derrière elle était suffocant ; pourtant, dans la pièce, il faisait aussi froid que dans une caverne.

— Qu'est-ce qui se passe ? murmura Marianne.

Une lueur argentée entoura soudain la plume lavande, l'éclairant par derrière.

— Je dois te parler, Marianne. N'aie pas peur. Je ne te ferai pas de mal.

— Qui... qu'est-ce que c'est ? demanda Marianne d'une voix rauque.

Ses jambes ne pourraient la soutenir encore bien longtemps. Elle savait qu'elle allait s'effondrer sur le sol d'une seconde à l'autre.

— Qu'est-ce que c'est ? répéta-t-elle en s'efforçant de demeurer debout.

— Je suis Juliette, répondit doucement la voix.

— Juliette ? Mais... mais...

Marianne se laissa tomber sur le lit, tremblotante. Il faisait très froid dans la chambre.

— Tu crois que je ne devrais pas avoir de nom ?

Sans quitter le miroir des yeux, Marianne saisit l'édredon sur son lit et se couvrit. L'éclairage était toujours tamisé dans la pièce, tandis que la lueur argentée dans la glace semblait s'accentuer.

— Va-t'en, murmura Marianne. Qui que tu sois, quoi que tu sois, je ne veux pas de toi. Tu n'as rien à faire ici.

— Je ne peux pas. Il faut que je te parle, Marianne. Tu dois m'écouter. C'est important.

— Non, protesta Marianne dans un murmure.

Elle voulait appeler ses parents ou son frère mais elle savait qu'aucun cri ne pourrait s'échapper de sa gorge gelée.

— Je ne veux pas.

La voix devint soudain triste et amèrement déçue.

— Tu ne veux pas m'écouter ? Non, oh non ! C'est impossible ! J'étais certaine que tu voudrais. J'ai attendu si longtemps ! Si longtemps…

La voix se brisa. La lueur argentée se mit à vaciller.

— Tu m'as attendue ?

La confusion se mêlait maintenant à la peur de Marianne.

— Où ? Où m'as-tu attendue ? D'où viens-tu ?

— Je viens d'une autre époque, d'un autre endroit. Je suis là maintenant, c'est tout ce qui compte.

— Comment es-tu entrée dans ce miroir ?

La voix devint plus forte. La lueur argentée se fit aussi plus brillante.

— Le miroir n'est pas important. Ça ne veut rien dire. Je l'utilise seulement pour te permettre de me voir.

— Mais je ne veux pas te voir ! s'écria Marianne. Je ne veux pas de toi ici ! Va-t'en !

— Je t'en prie, Marianne, je t'en prie ! Tout ce

que je te demande, c'est de m'écouter. C'est vraiment important pour moi.

Seule la pensée qu'elle faisait un horrible cauchemar empêchait Marianne de se précipiter hors de sa chambre. Cela, et la fascinante voix plaintive de la plume qui la suppliait de l'écouter.

— Tu te prépares pour ta soirée d'anniversaire ? demanda la voix. Jolie robe.

Marianne ne dit mot.

— Tu te demandes comment je peux savoir à propos de ton anniversaire ? Je le sais parce que c'est aussi le mien. Nous avons une chose en commun. C'est l'une des raisons pour laquelle je peux te parler. Mais nous ne sommes pas nées la même année.

Marianne frissonna. La chose dans le miroir avait eu un anniversaire ? Elle était née, avait vécu, avait peut-être été une jeune fille comme Marianne ?

Mais... si elle avait *été*, qu'était-elle *maintenant* ?

— Quand ? Quand es-tu née ? parvint-elle à demander.

— En 1940.

— En 1940 ?

Il y avait soixante et un ans de ça. Pourtant, la voix n'était pas celle d'une femme de soixante et un ans. Elle semblait aussi jeune que celle de Marianne.

— Cette robe est vraiment belle. J'avais aussi

une robe pour ma soirée d'anniversaire, ajouta-t-elle avec mélancolie. Elle était bleu foncé, comme le ciel étoilé. C'était du taffetas. Elle crépitait quand je marchais. J'adorais ce bruit. Il y aurait eu un orchestre à ma soirée, des lanternes vénitiennes de toutes les couleurs suspendues aux arbres et des serviettes de table avec mes initiales.

Marianne serrait l'édredon si fort que ses jointures en étaient blanches. La… chose dans la glace avait eu une soirée d'anniversaire ?

Tout à coup, la plume devint très agitée, oscillant par à-coups d'un côté et de l'autre.

— Mais ma soirée d'anniversaire n'a jamais eu lieu, dit la voix d'un ton triste. On a dû l'annuler.

L'agitation dans le miroir terrifiait Marianne. La plume… Juliette… devenait de plus en plus tourmentée.

« Je ferais mieux de partir », pensa-t-elle, engourdie. « Je devrais courir tout de suite et sortir de cette chambre. » Mais la peur la paralysait.

Un sanglot angoissé emplit la pièce.

— Il y a eu un accident. Un tragique accident.

La lumière autour de la plume vacilla et la chambre fut presque totalement plongée dans le noir.

— Un accident ? demanda Marianne, comme hypnotisée.

— Un accident de bateau. Là-bas, sur le lac, dans la crique. Tu connais cet endroit ?

Marianne le connaissait très bien. Les gens

l'évitaient à cause des roches; certaines faisaient saillie tandis que la plupart se trouvaient sous l'eau. Au fond du lac, il y avait un enchevêtrement d'algues des plus traîtresses qui capturaient tout ce qui passait. Il s'y était produit de nombreux naufrages et noyades.

Est-ce que cette chose… Juliette… prétendait y avoir perdu la vie?

Marianne attendait, de plus en plus effrayée. Quelque chose de terrible était arrivé à la chose dans la glace. Elle en était certaine. Elle ne voulait pas savoir ce que c'était.

— Notre bateau a heurté un rocher. Je n'avais pas encore appris à nager, mais cela n'aurait rien donné de toute façon. J'ai été projetée par-dessus bord et j'ai perdu connaissance. Mon corps a été prisonnier des algues. Quand on m'a sortie de l'eau… il était trop tard. Je n'ai jamais eu de soirée d'anniversaire, murmura tristement la voix. Mais… il y a si longtemps. Quarante-cinq ans. Si longtemps… J'aurais eu seize ans le jour de ma soirée d'anniversaire. Comme toi, Marianne. Seize ans…

La fine plume se mit à chanceler. De doux sanglots pleins de souffrance emplirent la pièce.

— Je pensais à cette soirée depuis si longtemps. J'étais persuadée que ce serait le commencement de merveilleuses années. Les plus belles de ma vie. J'étais jolie et très populaire. Tout le monde me promettait un brillant avenir. Mais cet épouvantable accident m'a enlevé la vie avant même que je n'aie pu en profiter.

Marianne était secouée par les propos de Juliette. Des larmes coulaient sur ses joues.

— Non, oh non ! murmura Marianne.

Puis, elle releva la tête.

— Mais tout ça est irréel. Ça ne se passe pas vraiment.

— Oh ! je t'ai encore fait pleurer. Je n'aurais pas dû te bouleverser. Je vais m'en aller, mais je reviendrai une autre fois. Merci de m'avoir écoutée… La plupart des gens ne l'auraient pas fait.

Et avant que Marianne n'ait pu dire un mot, la lueur vacilla et disparut, laissant le miroir clair, comme à l'habitude. On n'y voyait plus que le reflet d'une jeune fille qui tremblait violemment sous un édredon bleu, le visage mouillé de larmes.

Les lumières éclairèrent normalement et la radio se remit à jouer, comme si Juliette avait allumé un interrupteur en partant. De nouveau, une chaleur suffocante envahit la pièce.

Marianne trembla longtemps. Au bout d'un moment, elle enleva l'édredon et retira la robe qu'elle suspendit avec soin dans sa garde-robe. Elle se prépara à aller au lit, au ralenti. Lorsqu'elle se glissa sous les couvertures, elle tira le drap bleu pâle par-dessus sa tête, en dépit de la chaleur, incapable de chasser les frissons qui la secouaient.

« J'ai rêvé », se dit-elle en fixant le plafond

jauni. «Je rêve encore. Je rêve que je vais me coucher, mais en fait, je dors depuis des heures.»

Cette pensée la réconforta et lui permit de se calmer et de s'endormir.

Lorsqu'elle se réveilla le lendemain matin, elle tourna les yeux vers le miroir.

Elle n'y vit que son regard endormi.

Chapitre 4

Jeudi matin, une déception attendait les résidants de Saint-Alexis à leur réveil. Le ciel était toujours d'un gris menaçant et la chaleur, suffocante.

Marianne avait l'impression d'avoir dormi dans un sauna. Elle avait mal à la tête ; de plus, la peau lui démangeait et ses cheveux étaient emmêlés.

Après s'être assurée que le miroir était vide, elle pensa immédiatement à ses amies. Allaient-elles bien ? Elle espérait que ses parents avaient eu des nouvelles. Sa mère en avait peut-être appris davantage à l'hôpital.

Tout en se préparant pour l'école, elle jeta quelques regards furtifs en direction du grand miroir. Bien qu'il fût comme d'habitude, Marianne sentait encore une présence étrangère dans la chambre. Une chose inconnue avait pénétré dans la pièce sans invitation.

«Tout ça n'était qu'un rêve», se dit Marianne après avoir pris une douche. Elle enfila un short blanc et un t-shirt jaune pâle. «J'ai rêvé parce que j'étais bouleversée par l'annonce de l'accident qui a presque coûté la vie à mes amies. J'ai alors rêvé qu'une jeune fille de mon âge était morte tragiquement.»

Cela avait pourtant été si réel. Marianne se rappelait clairement chaque seconde. Elle mit ses sandales et noua ses cheveux bouclés en une queue de cheval. La douche n'avait pas réussi à chasser son mal de tête. Le battement derrière ses yeux ne lui donnait aucun répit.

Marianne tourna délibérément le dos à la psyché tandis qu'elle appliquait avec enthousiasme un peu de fard sur ses joues et de mascara sur ses cils. Toutefois, avant de quitter la chambre, portant son sac en jean en bandoulière et son manuel de biologie sous le bras, elle ne put résister à l'envie de regarder le miroir une dernière fois.

Elle n'y vit rien d'autre que le reflet d'une jeune fille pâle habillée de blanc et de jaune. «J'ai l'air d'une marguerite fanée», pensa Marianne avec dégoût. Lorsqu'elle referma la porte, elle espéra se débarrasser pour toujours du souvenir de cette étrange apparition et de son histoire tragique. Elle souhaitait également retrouver sa chambre telle qu'elle était auparavant à son retour de l'école.

* * *

En pédalant sur le sentier qui longeait le lac, Marianne sut qu'une autre journée torride s'annonçait. Tous les élèves se plaindraient du temps qu'il faisait. À moins qu'ils ne soient préoccupés par l'accident de la veille.

Sa mère n'avait pas appris grand-chose à l'hôpital concernant l'état de ses amies. On savait seulement qu'elles étaient toutes en vie. En enroulant le cadenas de sa bicyclette autour du râtelier, Marianne chercha quelqu'un qui pourrait lui donner des nouvelles de Mylène, de Barbara et de Laura.

Mais personne ne savait quoi que ce soit. Elle dut patienter jusqu'à l'heure du lunch ; elle rencontra alors Justin et Marjolaine et apprit que celle-ci avait téléphoné à l'hôpital et parlé à madame Lamy.

— Barbara va bien, dit Marjolaine à Marianne et à Justin. Elle a été projetée hors de la voiture et a atterri sur la pelouse. Elle rentre chez elle aujourd'hui. Laura a un poignet fracturé et de nombreuses contusions. Mylène, quant à elle, s'en est moins bien tiré. Elle a subi une très grave blessure à la tête et s'est brisé une clavicule.

Marjolaine s'arrêta.

— Madame Lamy a pleuré durant tout le temps qu'elle m'a parlé, ajouta-t-elle rapidement.

Marianne frissonna. Son vilain mal de tête persistait. « Mes amies aurait toutes pu être tuées », constata-t-elle pour la première fois. « Elles auraient pu mourir. »

Comme la pauvre Juliette.

Sauf que Juliette n'existait pas. Elle n'était qu'un rêve. Un terrible rêve.

Cependant, une sensation encore pire que son cauchemar terrifiait maintenant Marianne : elle avait l'impression d'être épiée. Elle sentait des yeux posés sur elle, suivant chacun de ses gestes. La peau lui démangeait. Cela avait commencé lorsqu'elle avait gravi les marches de l'école. Elle s'efforçait de ne pas céder à l'envie de regarder derrière elle. Pourtant, quand elle se retournait nerveusement, personne ne semblait lui prêter attention.

À l'heure du lunch, les élèves étaient dispersés sur la pelouse, près du lac. L'air était lourd et rendait pénible le moindre mouvement. Pas question de jouer au volley-ball ou de se lancer le *frisbee* par une telle chaleur. On se contentait d'étudier ou de bavarder tranquillement sur le bord de l'eau tout en mangeant.

Toutefois, le calme inhabituel dans la polyvalente n'avait rien à voir avec la chaleur. Les élèves tentaient de s'expliquer l'accident qui avait failli coûter la vie à trois des leurs.

— Je ne comprends pas, dit Justin. Mylène est une bonne conductrice et il ne pleuvait pas hier. La chaussée n'était pas glissante. Quelqu'un sait-il ce qui s'est passé ?

Marjolaine, assise par terre dans sa jolie robe, se pencha en avant. Ses épais cheveux blonds et lisses étaient courts et encadraient son visage rond au teint rosé.

— Madame Lamy m'a raconté que, lorsque Mylène s'est engagée dans la courbe, elle a tourné le volant comme elle le fait d'habitude. Du moins, elle a essayé. Mais rien ne s'est produit. Barbara a dit à sa mère que la voiture avait refusé d'obéir et s'était dirigée droit sur le poteau.

— Le volant a dû lâcher, fit remarquer Justin.

Marjolaine haussa les épaules.

— Peut-être. Madame Lamy a dit que le chef de police fera inspecter la voiture.

Justin fronça les sourcils. Ses cheveux blonds ondulaient légèrement sur son front. Il portait un short kaki et un t-shirt blanc. Ses yeux gris chaleureux étaient songeurs.

— Mylène pourrait être hospitalisée durant un bon bout de temps. Elle deviendra folle dans un hôpital.

— Dès qu'on lui permettra de recevoir des visiteurs, dit Marianne, nous nous occuperons de lui tenir compagnie.

Justin lui sourit.

— Si quelqu'un peut lui remonter le moral, c'est bien toi. C'est ta spécialité.

— Moi, je crois que c'est terrible, gémit Marjolaine. L'année scolaire achève et Mylène ne pourra pas la terminer.

Après un long moment de silence, Marjolaine se redressa.

— Ne parlons plus de tout ça, dit-elle. C'est trop déprimant.

Elle fit la grimace.

— Devinez qui m'a invitée à sortir avec lui ce matin ?

Marjolaine pouvait changer de sujet avec une facilité déconcertante.

— Qui ? demanda Justin. Qui manque de goût à ce point ?

Marjolaine le regarda.

— Dany Richard. Il m'a demandé de l'accompagner au cinéma. N'est-ce pas tordant ?

— Que lui as-tu répondu ? demanda Marianne.

Elle savait pourtant parfaitement que Dany, trapu et moustachu, n'était pas du tout le genre de garçon qui plaisait à Marjolaine. Il n'était pas assez grand ni assez mignon. De plus, il ne pratiquait aucun sport et ne jouissait pas d'une grande popularité. Vraiment pas le genre de Marjolaine Benoît.

— «Jamais de la vie» : voilà ce que je lui ai répondu. Il est ennuyeux comme la pluie.

— Marjolaine, tu n'avais pas besoin d'être si méchante ! fit remarquer Marianne.

Elle n'avait aucun mal à imaginer à quel point ça devait faire mal d'être rejeté. Si Justin la traitait un jour de cette façon, elle en mourrait.

— Tu aurais pu être un peu plus gentille.

— Quand on est polie avec les garçons comme Dany, ils n'abandonnent jamais.

— Tu aurais tout de même pu être plus diplomate, renchérit Justin.

Il sourit.

— Même si nous savons tous que le tact ne fait pas partie de tes rares qualités. Dany n'est pas un mauvais gars ; les filles de la polyvalente le traitent pourtant avec mépris. J'étais avec Mylène il y a quelques semaines lorsqu'il lui a demandé de l'accompagner au cinéma. Elle a refusé, plus poliment que toi, Marjolaine. Cependant, il s'est éloigné dans le corridor d'un pas lourd et bruyant. Il n'était pas content.

Marianne fronça les sourcils.

— Il a invité Mylène à sortir avec lui ? Mylène Lamy ?

— Oui.

— Je crois qu'il a également demandé à Laura, ajouta Marjolaine. Je les ai vus discuter dans le corridor la semaine dernière. Dany a crié quelque chose à propos des filles qui prétendent qu'elles doivent se laver les cheveux alors que tout le monde sait qu'ils ne sont pas le moindrement sales.

Marjolaine sourit.

— J'ai trouvé sa remarque plutôt amusante.

Son sourire s'effaça.

— Maintenant, je n'en suis plus aussi certaine.

Ses yeux bleus se plissèrent.

— Je suis navrée pour Dany, dit Marianne. Personne ne l'aime et je crois qu'il a des problèmes dans sa famille. Ses parents sont divorcés et il est ballotté d'un endroit à l'autre. Ce n'est sûrement pas très agréable.

— Mes parents sont également divorcés, fit

remarquer Marjolaine d'un ton désinvolte, mais je ne suis pas idiote pour autant.

— Bien sûr que tu l'es, dit Justin d'un ton nonchalant, le sourire aux lèvres. Tu es plus jolie que Dany, c'est tout.

— Ce doit être terrible d'être rejeté, fit remarquer Marianne.

— Oh ! Marianne ! fit Marjolaine d'un ton exaspéré. Tu es toujours désolée pour tout le monde ! Tu ne comprends donc pas qu'il y a des personnes vraiment minables qui n'ont aucune excuse pour agir comme elles le font ? Ouvre les yeux, bon sang !

— C'est ce qui la rend si adorable, déclara Justin en serrant le bras de Marianne d'un geste rassurant. Cela fait partie de son charme.

Marianne lui sourit. Marjolaine fit mine d'en douter, mais sourit à son tour.

* * *

Avant de retourner à l'intérieur de l'école, Marianne regarda derrière elle. Personne ne semblait l'observer. Alors pourquoi avait-elle l'impression d'être un spécimen sur une lame de microscope ? Cela lui donnait la chair de poule.

Plus tard, elle croisa Dany Richard dans le corridor en se rendant au local d'arts plastiques. Elle lui adressa un sourire chaleureux.

Il parut surpris mais ne sourit pas. Son regard était froid et inexpressif.

En entrant dans la classe, Marianne alla droit à sa place à l'arrière du local. Un morceau de papier rouge dépassait de son pupitre.

Pourtant, elle n'avait pas utilisé de papier rouge récemment.

Curieuse, elle le retira de son pupitre et l'examina. On aurait dit un dessin d'enfant; il s'agissait d'une grosse voiture jaune sans toit avec d'étranges créatures à bord.

Marianne marcha jusqu'à la fenêtre afin de mieux voir le dessin.

C'était horrible.

On avait dessiné, à la place du conducteur, la note *mi* sur une portée de musique, ainsi qu'une pelote de laine. Du côté du passager se trouvait une grosse femme à barbe qui tenait un animal sur ses genoux. Un rat.

Mais que diable…?

Marianne examina la banquette arrière. On avait dessiné ce qui ressemblait à un pièce d'or et un autre rat.

Tandis que les élèves entraient dans la classe, Marianne essaya de décoder le dessin. Il s'agissait d'un simple rébus. La voiture était sans aucun doute celle de Mylène. La femme à barbe et son rat représentaient «Barbara». La note *mi* et la laine faisaient «Mylène». Quant à l'or et au rat, cela donnait «Laura».

Quel esprit tordu avait dessiné ça au lendemain d'un accident tragique?

Et pourquoi le dessin se trouvait-il dans le pupitre de Marianne?

S'agissait-il d'une plaisanterie? Si c'était le cas, quelqu'un dans cette école avait un sens de l'humour plutôt macabre.

Marianne froissa le dessin d'un geste furieux et le lança dans la poubelle.

En sortant de la classe à la fin du cours, Marianne s'empara du dessin froissé dans la poubelle et le glissa dans son cahier. Elle ne savait pas pourquoi elle le faisait. Cela lui semblait seulement une bonne idée.

En rentrant chez elle, Marianne s'approcha de la porte de sa chambre d'un pas hésitant, se demandant si une atmosphère étrange y régnait toujours. Une journée s'était presque écoulée depuis son rêve.

Marianne ouvrit la porte lentement. Au lieu de la refermer derrière elle, elle se tint un moment dans l'embrasure de la porte, écoutant et parcourant la pièce des yeux. La chambre, dont les murs étaient tapissés de papier peint à motifs de fleurs qui commençait à s'effriter par endroits, était généralement inondée de soleil à cette heure de la journée. Mais, en raison du ciel nuageux, elle était grise et morne.

Marianne ne trouva rien d'inhabituel dans la pièce. Son lit défait et ses rideaux de dentelle semblaient l'attendre patiemment. Les vêtements qui jonchaient le sol çà et là lui étaient tout aussi familiers que les animaux en peluche qui reposaient sur l'étagère blanche au fond de la pièce.

Marianne entra et ferma la porte.

Enfin, elle osa regarder en direction de la psyché.

Elle était vide.

«Bien sûr qu'elle l'est», se dit-elle en marchant vers son bureau.

Elle venait tout juste de se retourner lorsque le vent se mit à souffler et qu'un courant d'air froid envahit la chambre. La pièce devint tout à coup beaucoup plus sombre.

— Qu'est-ce que tu fais, Marianne ? C'est quelque chose d'amusant ?

Chapitre 5

De nouveau submergée par la peur, Marianne se força à regarder en direction du miroir.

Juliette était revenue.

« Je ne rêvais pas, après tout », pensa Marianne, le souffle coupé. Elle se laissa tomber sur le lit et se couvrit de l'édredon pour se protéger du froid.

— Qu'est-ce... qu'est-ce que tu viens faire ici ? murmura-t-elle.

— Je suis venue bavarder. Vas-tu m'écouter, Marianne ? Je t'en prie !

L'image violette et floue devint plus distincte. La tête était large dans le haut, mais étroite dans le bas. Les orbites étaient creuses et une lueur dorée y brillait. Le corps, quant à lui, n'était rien de plus qu'un nuage de lavande qui oscillait dans la glace.

Tandis que la lueur dans le miroir se faisait plus intense, la chambre se remplit d'ombres. Marianne ne reconnaissait plus cette pièce glaciale. Elle aurait voulu sortir, mais la peur la paralysait. De plus, sa curiosité avait été piquée.

— Pourquoi es-tu là ? demanda-t-elle douce-ment. Tu n'as rien à faire ici.

— Pourquoi refuses-tu de m'accepter ? demanda la voix. Je ne te ferai pas de mal.

— Laisse-moi tranquille. Tu me fais peur.

— Je n'essaie pas de t'effrayer. J'ai pensé que tu me parlerais parce que tu as l'esprit large. Je sais tout sur toi. Quand j'ai découvert que nous étions nées le même jour, j'ai su que je devais te connaître parfaitement. Alors je t'ai observée attentivement.

Marianne se rappela l'impression qu'elle avait eue d'être étudiée au microscope.

— Tu... me surveilles ?

— Il le fallait. Quand je me suis aperçue que tu étais rêveuse, j'ai compris que ce serait facile pour toi de m'entendre.

Si seulement cela avait pu être un rêve. Car Marianne ne voulait pas que cette... chose, cette... Juliette soit réelle.

— Il y a une éternité que j'attends que quel-qu'un m'entende, dit Juliette d'une voix excitée. Je ne peux pas parler à n'importe qui. Il doit s'agir de quelqu'un qui a exactement le même âge que moi et qui habite près du lac, là où je suis morte. Quelqu'un qui a l'esprit large et bon cœur. Quelqu'un qui a de l'imagination et qui croit que tout est possible. Quelqu'un comme toi, Marianne.

La plume oscillait d'en avant en arrière dans le

miroir, illuminée par cette étrange lueur argentée qui l'entourait.

— Mais j'ai attendu, avant de te parler, que tu aies eu le temps de t'installer dans cette maison. Je craignais de t'effrayer en apparaissant trop tôt.

Juliette hésita, puis continua.

— C'était la maison de ta grand-mère. La maison de Marthe. Elle l'a laissée en héritage à ta mère lorsqu'elle est morte, il y a peu de temps.

Comment Juliette pouvait-elle en savoir tant à son sujet ? Tout ce que Marianne savait à propos de la chose dans le miroir, c'était qu'elle avait vécu, était morte et se trouvait maintenant très seule.

Un soupir parvint du miroir.

— Ce fut difficile de garder espoir ! Tout ce temps…

Marianne tripotait nerveusement le bord de l'édredon.

— L'espoir de quoi ? demanda-t-elle.

— De trouver quelqu'un à qui parler. D'entrer en contact avec une personne et de… faire l'échange.

Hypnotisée par la voix de velours de Juliette, Marianne ne s'aperçut pas qu'elle ne tremblait plus et que la boule dans sa gorge avait disparu.

— L'échange ? L'échange de quoi ?

— Rien. C'est sans importance. Parlons de ta soirée d'anniversaire.

— Mais… Tu ne peux pas être là. Comment tout ça est-il possible ? Comment es-tu venue ?

— Ça n'a pas été difficile. Il *fallait* que je vienne. Tu es mon seul espoir.

— Mais ce... Ce n'est pas possible.

— Tout est possible, Marianne. Tu le crois, n'est-ce pas ? N'est-ce pas ce que ta grand-mère Marthe disait toujours ?

Ça l'était, en effet. Sa grand-mère avait dit : « Crois en tout, Marianne. Tout est possible en ce monde. Souviens-toi de cette parole. »

Mais voulait-elle parler de vagues colonnes de fumée dans un miroir ? Qu'aurait-elle pensé de cette visite de Juliette ? Marianne connaissait la réponse à cette question. Sa grand-mère aurait dit : « Fais ce que tu crois être juste, Marianne. Aie confiance en toi. Ne te laisse pas influencer. »

Comme de la neige au soleil, la peur engourdissante que Marianne ressentait disparut et fit place à la confusion.

Marianne s'agita sur le lit.

— Est-ce que tu as connu ma grand-mère ? Avant... avant ton accident ?

— Tout le monde connaissait la famille Lanthier.

Un sentiment de chaleur envahit Marianne. Elle avait plus qu'un anniversaire en commun avec l'image dans la glace.

— Comment était-elle, adolescente ? demanda-t-elle.

— Je ne la connaissais pas très bien. Je ne suis pas demeurée ici très longtemps. Je crois qu'elle te ressemblait. Tranquille, rêveuse.

Juliette baissa la voix, triste.

— Comme je t'envie, Marianne ! Tu auras la merveilleuse soirée d'anniversaire que je n'ai jamais eue. Tu profiteras de ces magnifiques années. Fêtes, danses, petits amis... Je n'ai rien connu de tout ça.

Marianne était au bord des larmes. Mylène, Barbara et Laura avaient toutes failli perdre la vie, comme cette... comme Juliette. Comment était-ce de mourir si jeune ? À cette pensée, elle remonta l'édredon sur elle, comme s'il pouvait la protéger de la dure réalité.

— Tu as froid, Marianne ?

— Non. Je suis triste, c'est tout. Ce... Ce n'est pas juste que ta vie se soit terminée... si tôt.

— Tu es gentille. Je savais que tu comprendrais. Je crois également que c'était injuste. C'est pourquoi je ne trouve pas la paix, gémit la voix. Si seulement... Non, laisse tomber. Tu n'es pas prête. C'est encore trop tôt.

Marianne fronça les sourcils.

— Si seulement quoi ?

— Je crois vraiment qu'il est trop tôt. Mais, puisque le temps presse, je vais t'expliquer. Je sais que tu ne comprendras pas tout de suite, mais lorsque tu y auras réfléchi, nous pourrons en reparler.

Marianne s'agita.

— Comprendre quoi ?

— Ma vie s'est terminée trop tôt, Marianne.

Mais j'ai maintenant la chance de me rattraper. Si je trouve quelqu'un qui est né le même jour que moi et que cette personne peut m'entendre, je peux lui demander de changer de place avec moi pour une petite semaine et d'accepter que je vive sa vie durant sept jours et sept nuits. Voilà ce que je veux te demander.

Marianne n'arrivait pas à saisir ce qu'elle entendait. Les paroles de Juliette tourbillonnaient encore et encore dans sa tête. Changer de place ? Avec... avec *ça* ?

Marianne eut l'impression que la pièce obscure tournait autour d'elle. Les ombres se mirent à danser et semblaient vouloir lui toucher. Instinctivement, Marianne recula sur le lit jusqu'à ce que son dos fut appuyé sur la tête de lit.

— Qu'est-ce que tu racontes ? murmura-t-elle d'une voix rauque.

— C'est vraiment très facile, Marianne.

La voix de Juliette monta.

— Et ce ne serait que pour une semaine. Une semaine durant laquelle j'aurais la chance de vivre la plus belle période dans la vie d'une jeune fille. Une semaine dans une vie, ce n'est vraiment pas grand-chose. Mais ce serait suffisant pour moi. Et à la fin de la semaine, je m'en irais. J'aurais trouvé la paix, pour l'éternité.

Marianne était incapable de parler. Pas un seul muscle de son corps ne bougeait tandis qu'elle était assise sur son lit, figée, enveloppée dans l'édredon. Un silence de mort envahit la pièce.

— Marianne ? dit enfin Juliette. Marianne ?

Mais celle-ci était incapable de prononcer un mot.

— Je t'ai effrayée. Je suis désolée. Je savais qu'il ne fallait pas t'en parler si tôt. Mais je n'ai pas beaucoup de temps. Je te demande d'y penser, d'accord ? Rappelle-toi, Marianne : *tout est possible*. Je reviendrai lorsque tu auras eu le temps de réfléchir. Merci de m'avoir écoutée.

La lueur dans le miroir pâlit, puis disparut. Marianne était seule.

Toujours assise sur le lit, elle fixa la psyché. La voix avait été réelle. Tout comme Juliette. Ce n'était pas un rêve ou son imagination. Même pour Marianne, qui inventait des histoires à partir d'images qu'elle voyait dans les nuages, c'était difficile à accepter. Mais elle *avait* accepté la présence de Juliette.

Cependant, ce que Juliette lui avait proposé était si étrange et terrifiant que Marianne avait peine à y croire. Une telle chose était-elle possible ?

Marianne n'avait jamais eu de mal à suivre le conseil de sa grand-mère : « Crois en tout, Marianne. » Mais tout ceci était trop étrange, trop fou pour qu'on y croie.

Après avoir réfléchi à la question durant des heures, la seule chose dont Marianne ne doutait pas, c'était que quelque chose *était* apparu dans son miroir.

Toute la soirée, elle attendit qu'autre chose se passe. Elle ne parvenait pas à lire ni à étudier, pas plus qu'elle n'était capable de sortir de sa chambre.

Mais rien ne se produisit.

Le miroir demeura un miroir, rien de plus.

Chapitre 6

Lorsque Marjolaine téléphona plus tard, Marianne ne lui dit rien à propos de Juliette. Un seul mot et Marjolaine, à l'esprit si pratique, aurait cru que Marianne avait perdu la raison.

— Mylène a repris connaissance, dit-elle à Marianne. On croit qu'elle s'en tirera. Ma mère a parlé à madame Lamy aujourd'hui. Mais… le pire, Marianne, c'est que ce n'était peut-être pas un accident. Il est possible que quelqu'un ait saboté le volant de la voiture de Mylène.

Marianne inspira bruyamment. On aurait délibérément tenté de blesser ses amies ?

— Marjolaine, en es-tu certaine ?

— Le chef de police l'a dit. Mes parents sont vraiment très inquiets. Trois de mes meilleures copines sont à l'hôpital et ma mère craint que je sois la prochaine victime. Je pourrais être privée de sorties pour toujours ! Elle répète que *mieux vaut prévenir que guérir.*

— C'est incroyable, haleta Marianne. Qui

poserait un geste aussi horrible ?

— Un garçon rejeté, peut-être ? Comme le célèbre Dany Richard, par exemple ? Presque toutes les filles de l'école ont refusé de sortir avec lui récemment. Il nous déteste peut-être toutes. Et ne travaille-t-il pas au garage de son frère ? Il faut que ce soit quelqu'un qui s'y connaît en mécanique.

— Marjolaine, presque tous les élèves de la polyvalente ont suivi le cours de mécanique, y compris les filles.

— Moi, en tout cas, lorsque je l'ai suivi, je n'ai certainement pas appris comment tuer quelqu'un en sabotant sa voiture !

* * *

Quand Marianne raccrocha, elle se concentra sur les dernières paroles de Marjolaine. « Au moins, elle est vivante », avait-elle dit.

« Elle a eu plus de chance que la pauvre Juliette », pensa Marianne en imaginant la mort tragique d'une jeune fille de quinze ans dans un accident de bateau.

Soudain, Marianne se souvint du dessin. Il se trouvait toujours dans son cahier. Elle avait d'abord cru qu'il s'agissait d'une cruelle plaisanterie. Maintenant, elle se rendait compte que c'était peut-être plus que ça.

« Je ne suis pas allée à mon cours d'arts plastiques mardi, se rappela-t-elle. Marjolaine m'a entraînée au centre commercial. Je n'ai pas vérifié ce qui se trouvait dans mon bureau ce jour-là. Le dessin aurait très bien pu s'y trouver, avant même que l'accident n'ait lieu. Ce qui signifie qu'il pouvait s'agir non pas d'une plaisanterie, mais… d'un avertissement. »

Si elle montrait le dessin au chef de police, rirait-il ? En apercevant ce qui ressemblait à un dessin d'enfant, il pourrait penser qu'elle lui faisait perdre son temps. Elle devrait réfléchir à tout cela.

Épuisée, Marianne se prépara à aller au lit.

Perdue dans ses pensées, elle venait tout juste d'enfiler son pyjama blanc lorsque la température dans sa chambre baissa. Elle posa une couverture sur ses épaules et se tourna vers le miroir. Une lueur apparut dans la glace et Juliette prit forme.

— Marianne, j'espère que ce que je t'ai dit tout à l'heure ne t'a pas bouleversée. Tu es si gentille de bien vouloir m'écouter.

Toujours méfiante, Marianne s'assit sur le sol devant la psyché.

— Qu'est-ce que tu veux de moi ? demanda-t-elle prudemment. J'espère que tu ne crois pas que je ferai cet… échange dont tu m'as parlé.

— Tu ne veux même pas y réfléchir ? demanda Juliette tristement. Je pensais que tu avais l'esprit large, Marianne, et que tu croyais que tout est possible, comme Marthe le pensait.

Marianne secoua vigoureusement la tête.

— Pas ça. Pas ce que tu as dit… à propos de

l'échange. Je ne crois pas qu'une telle chose soit possible.

«Je ne *veux* pas qu'elle le soit», ajouta-t-elle pour elle-même.

— Mais ça l'est! Et c'est si simple.

— Simple? demanda Marianne d'un ton soupçonneux.

— Tu entres dans le miroir et j'en sors, sous tes traits. Rien de plus simple!

— C'est si facile?

Juliette poussa un profond soupir.

— Le plus difficile, Marianne, c'est de trouver une personne qui habite près du lac et qui est née le même jour que moi. Il faut ensuite la convaincre de m'écouter. Rares sont ceux qui sont prêts à le faire. Obtenir son consentement pour l'échange est le plus difficile. Les gens ont trop peur de l'inconnu.

— Ce n'est pas étonnant, déclara Marianne.

La seule pensée de devenir, même temporairement, ce que Juliette était — une plume violette incandescente — la terrifiait.

— Ce serait seulement pour une semaine, Marianne, supplia la voix. Et ce n'est pas si mal, ici... Tu n'aurais pas besoin d'avoir peur de te cogner un orteil ou d'attraper un rhume. Rien de ton monde ne pourrait t'atteindre.

Dès cet instant, la proposition lui apparut plus attirante.

— Mais... si tu étais moi, est-ce que cela veut

dire que je deviendrais comme toi?

— Tu n'aurais pas de forme physique. Je suis comme ça seulement pour que tu puisses me voir. Je serais capable de t'entendre et tu pourrais me parler n'importe quand. Mais personne d'autre ne te verrait ni ne t'entendrait.

Marianne secoua de nouveau la tête. Elle deviendrait invisible?

— C'est trop étrange, Juliette. Trouve quelqu'un de plus brave que moi.

— Tu *es* brave, Marianne. Si tu ne l'étais pas, tu ne m'aurais pas entendue. Oh! Marianne! J'ai cru que tu comprendrais. Personne d'autre ne peut m'aider. Il n'y a que toi. Parce que tu vis ici et que nous avons la même date de naissance. Et parce que tu m'as écoutée.

La tristesse de Juliette brisait le cœur de Marianne. Elle pensa encore à quel point ce devait être horrible de mourir si jeune. N'était-ce pas à cela que pensaient aussi tous les élèves de la polyvalente depuis l'accident? Il aurait pu s'agir de *leur* voiture et ils auraient très bien pu ne pas survivre.

Tout comme Juliette n'a pas survécu à son accident de bateau.

— Ne crois-tu pas que tout est possible? demanda Juliette.

Marianne se rappela le coup de téléphone de Marjolaine.

— Même si je voulais, commença-t-elle, ce ne serait pas un bon moment pour faire l'échange. Il se peut que quelqu'un ait délibérément tenté de blesser trois de mes copines. La mère de Marjolaine, ma meilleure amie, croit que sa fille pourrait être la prochaine victime. Mais ce pourrait très bien être *moi*. Si nous faisions cet échange, tu serais peut-être en danger.

— Je n'ai pas le choix! dit Juliette d'un ton désespéré. Il faut que tu aies exactement le même âge que moi, quinze ans. Dès que tu auras seize ans, il sera trop tard pour moi. Nous avons jusqu'à minuit, samedi soir. À moins que je n'aie ton consentement d'ici là, mon unique chance s'évanouira. Si tu ne m'aides pas, je disparaîtrai pour toujours et ne reposerai jamais en paix. Le danger dont tu me parles ne m'importe donc pas. Je suis prête à prendre le risque.

— Et moi? demanda Marianne. Si je décidais de faire l'échange avec toi et que quelque chose arrivait à mon corps pendant que tu es moi, qu'est-ce que je deviendrais?

— En fait, Marianne, tu serais plus en sécurité. Je sens la malveillance chez les gens. Je ne laisserais jamais quelqu'un me faire du mal. Tu n'aurais donc pas à t'inquiéter.

Marianne se redressa.

— Tu veux dire que… tu pourrais savoir qui a blessé Mylène?

— Je le crois. Je ne peux rien affirmer, mais je le crois.

Si Juliette pouvait identifier la personne qui a

saboté la voiture de Mylène et fait le dessin, les résidants de Saint-Alexis pourraient retrouver leur tranquillité. De plus, elle était la seule chance de Juliette. Une mort si jeune était affreuse et injuste. Personne ne devrait mourir à cet âge-là.

— Peut-être que j'y réfléchirai, dit-elle enfin.

Elle eut soudain très peur.

— Mais j'ai bien dit «peut-être», s'empressa-t-elle d'ajouter.

La plume se mit à danser d'excitation.

— Oui! bien sûr, Marianne. «Peut-être» me donne de l'espoir. Lorsque mon père disait «peut-être», cela voulait toujours dire «oui». Je reviendrai quand tu auras eu le temps de réfléchir. Bonne nuit, Marianne! Et merci, merci de m'avoir écoutée!

Marianne s'assit devant la fenêtre et contempla le lac durant un long moment. Toutefois, dès qu'elle pensait à la demande de Juliette, elle la chassait de son esprit. C'était trop terrifiant d'y réfléchir durant la nuit. Peut-être le lendemain…

Elle se leva enfin et se dirigea vers son lit. Elle ne dormit pas bien. La voix de sa grand-mère résonnait dans ses rêves. «Tout est possible, Marianne, souviens-toi de cette parole.»

Elle se retourna toute la nuit dans son lit, son pyjama et ses cheveux trempés de sueur.

* * *

Le lendemain matin, en se rendant à l'école, Marianne tenta de parler de Juliette à Justin.

— Justin, commença-t-elle prudemment en

montant dans la voiture de ce dernier, qu'est-ce qui arrive à une personne après sa mort, d'après toi ? Crois-tu que son esprit reste parmi les vivants ?

Justin regarda Marianne.

— C'est une question assez étrange. Tu penses à l'accident de Mylène ?

— C'est juste que… quelque chose d'étrange se passe chez moi.

— Chez toi ! s'exclama-t-il tout en négociant un virage. C'est probablement le seul endroit en ville où il ne se passe rien d'étrange. Quelqu'un a peut-être saboté la voiture de Mylène. *Ça*, c'est étrange !

— Justin, je…

— Dis-moi, l'interrompit-il, crois-tu que Dany Richard pourrait être derrière tout ça ?

C'était mieux que Justin ne sache pas, après tout. Si elle lui parlait de Juliette, il pourrait penser qu'elle était vraiment cinglée. Il lui avait dit un jour qu'elle n'était pas comme les autres filles parce qu'elle écoutait *vraiment*. Ce compliment l'avait flattée. Cependant, être différente parce qu'on savait écouter et voir des plumes mauves dans un miroir étaient deux choses. Elle ne lui dirait rien. Pas tout de suite, en tout cas. Peut-être jamais.

— Je ne sais pas, répondit-elle d'un air songeur. Je ne crois pas. Je lui ai dit non lorsqu'il m'a invitée à sortir avec lui et il ne m'est rien arrivé.

Justin tourna la tête et la regarda, surpris.

— Dany t'a invitée à sortir avec lui ? Tu n'en as rien dit quand Marjolaine parlait de lui, hier.

Marianne s'agita sur la banquette.

— Marjolaine en aurait fait toute une histoire.

Julien fronça les sourcils.

— Comment Dany a-t-il réagi lorsque tu as refusé son invitation ?

— Bien, je crois.

— Écoute, tiens-toi loin de lui, d'accord ? Ce garçon me paraît suspect.

Justin gara la voiture dans le stationnement de l'école. Marianne se décida alors à lui montrer le dessin et l'aida à déchiffrer le rébus.

— Où as-tu trouvé ça ? lui demanda-t-il.

Elle lui expliqua qu'on l'avait déposé à sa place, dans le local d'arts plastiques.

Soudain, la cloche annonçant le début des cours retentit.

— Rejoins-moi au bureau du journal après les cours.

Justin était le rédacteur du journal étudiant.

— Nous reparlerons de tout ça.

* * *

— Devine qui est de retour ? dit Marjolaine d'un air méprisant en déballant son sandwich. Cette vipère, Vicki Dorion ! Elle a été suspendue seulement une semaine pour avoir copié lors de l'examen d'espagnol. J'espérais qu'on la suspende à vie !

— Ne t'occupe pas d'elle. Vous n'avez pas de cours ensemble, n'est-ce pas?

— Elle existe, Marianne. C'est déjà trop. Je sais que Carl Leblond allait m'inviter à ta soirée d'anniversaire. Un seul regard à Vicki et à son t-shirt rouge moulant et Marjolaine Benoît n'existe plus!

Marianne prit une gorgée de lait. Elle ne voulait pas que Vicki Dorion soit présente à sa soirée d'anniversaire. «Je suis peut-être jalouse», pensa-t-elle en pelant sa banane. «Vicki est séduisante et sophistiquée, tout ce que je ne suis pas, quoi! Dieu merci, Justin n'est pas attiré par ce genre de fille.»

Mais ne trouvait-il pas Karine Turmel séduisante? Comparée à Vicki Dorion, Karine avait pourtant l'air de Blanche-Neige!

Ce n'était pas la jalousie qui rendait Marianne nerveuse quand Vicki se trouvait aux alentours, mais plutôt la façon dont les yeux noirs et froids de Vicki se posaient sur les garçons. On aurait dit une araignée repérant une mouche juteuse. Pas étonnant que Vicki n'eût pas d'amies. Elle n'avait que des petits amis, et en quantité!

Après les cours, Marianne se rendit au local d'arts plastiques.

Elle trouva un autre dessin dans son pupitre.

Son sang ne fit qu'un tour. Sur une feuille bleue apparaissaient une plante ainsi qu'un petit contenant. On aurait dit une bouteille d'épices. Du thym ou...

Marjolaine !

Marianne se précipita vers l'auditorium où Marjolaine et deux garçons de la troupe débranchaient les projecteurs utilisés lors de la pièce de théâtre de la semaine précédente.

À bout de souffle, Marianne courait dans l'allée centrale de la salle lorsque sa meilleure amie se pencha sur la passerelle afin de saisir un fil…

… et tomba.

Chapitre 7

Marianne et Marjolaine crièrent en même temps lorsque Marjolaine amorça sa chute vers la scène, plusieurs mètres plus bas.

Horrifiée, Marianne regardait sa meilleure amie aller vers une mort certaine.

Puis, l'une des mains de Marjolaine toucha un câble qui pendait à sa gauche.

La main saisit le câble.

Et s'y agrippa.

Il y eut un moment de silence tandis que les trois spectateurs, paralysés, regardaient leur amie qui se balançait au bout du câble.

Marianne poussa un gémissement de soulagement et tomba à genoux sur le tapis rouge usé. Marjolaine venait d'échapper à la mort.

— Aidez-moi ! cria faiblement Marjolaine. Faites-moi descendre ! Vite ! Je ne tiendrai pas longtemps !

Les deux garçons coururent chercher une échelle.

Les jambes tremblantes, Marianne se releva et monta sur la scène sans quitter son amie des yeux.

— Tiens bon, Marjolaine, ne lâche pas, supplia-t-elle. Ils apportent une échelle. Tiens bon !

Une fois rescapée, Marjolaine s'étendit sur la scène, le teint terreux. Son corps était agité de violents tremblements.

Marianne s'agenouilla près d'elle et lui prit la main.

— Qu'est-ce qui s'est passé ? demanda-t-elle. Tu as glissé ?

Marjolaine secoua la tête.

— Non. Je n'ai pas glissé. On m'a poussée.

— Poussée ?

Marianne s'assit sur ses talons. Le dessin. C'était vraiment un avertissement.

Marjolaine tremblait toujours. Cependant, la panique fit bientôt place à la colère.

— Bien sûr qu'on m'a poussée. Je n'ai certainement pas sauté.

Elle leva les yeux vers les garçons.

— Vous avez vu qui c'était, les gars ?

Ils n'avaient rien vu. Lorsque Marjolaine était tombée, l'un balayait derrière la scène tandis que l'autre rangeait l'équipement dans les coulisses. Marianne, quant à elle, était trop loin au fond de la salle pour avoir vu ou entendu quoi que ce soit.

— Je n'aime pas ça du tout, dit Marianne lentement en aidant Marjolaine à s'asseoir. Si tu n'avais pas saisi ce câble…

— Tu es probablement tombée, Marjolaine, déclara l'un des garçons.

Marjolaine frissonna. Ses yeux bleus fixèrent la passerelle.

— Je ne suis pas tombée, affirma-t-elle tandis que les garçons l'aidaient à se relever. Je connais cette passerelle par cœur. Quelqu'un m'a poussée.

— Nous n'avons rien vu, répéta l'un des garçons. Tu en as eu de la chance ! Quels réflexes ! Tu as déjà fait de la gymnastique ?

— Non. Et je ne comprends pas que tu puisses plaisanter à propos d'une chose pareille.

Marjolaine se mordit la lèvre inférieure et ferma brièvement les yeux.

— Je vais rapporter cet accident au directeur.

— Que pourra-t-il faire, Marjolaine ? Personne n'a vu quoi que ce soit, fit remarquer l'autre garçon.

— Je m'en fiche. Je l'ai *senti*.

Marjolaine se pencha pour ramasser ses livres et son sac à main sur le sol.

— Tu viens avec moi, Marianne ?

Celle-ci avait prévu rencontrer Justin au bureau du journal. Cependant, elle ne pouvait laisser Marjolaine seule.

Devait-elle montrer le dessin au directeur ? Non. On avait fait ce dessin à l'intention de Marianne en sachant qu'elle comprendrait. Le directeur, lui, ne comprendrait pas.

— Bien sûr que je t'accompagne, Marjolaine. Laisse-moi apporter tes affaires.

Elle s'empara des livres de son amie.

— Tu ne vas pas t'évanouir, n'est-ce pas ?

— Non. Si j'étais le genre de personne à s'évanouir, je l'aurais fait quand je pendais à ce câble comme un morceau de viande dans une boucherie. Et je peux très bien apporter mes affaires.

Marianne se sentit soulagée. Non seulement Marjolaine était indemne, mais elle avait aussi retrouvé son humeur normale.

— Marianne, tu me crois quand j'affirme qu'on m'a poussée, n'est-ce pas ? demanda Marjolaine tandis qu'elles remontaient l'allée. Tu sais bien que je n'inventerais pas une telle histoire.

Marianne se sentit coupable de ne pas montrer le dessin à son amie. Mais celle-ci était déjà tellement secouée. La preuve que quelqu'un lui voulait du mal ne ferait que la bouleverser davantage.

— Bien sûr que je te crois.

— Tu ne trouves pas que c'est terrifiant ? D'abord, l'accident de Mylène, qui n'en est peut-être pas un, puis ma chute. Quelque chose de vraiment grave se passe ici.

Marjolaine continua à parler, mais Marianne ne l'écoutait plus. Elle était perdue dans ses pensées. Pourquoi quelqu'un aurait-il poussé Marjolaine, sachant très bien qu'une telle chute lui serait fatale ? Il s'agissait sûrement de la même personne qui avait fait les dessins.

Cela signifiait donc que c'était quelqu'un de l'école, quelqu'un qui avait accès au local d'arts plastiques. Dany, rejeté par tant de filles ? Vicki Dorion, la vipère, qui avait toujours cette lueur froide et avide dans les yeux ? Essayait-elle d'éliminer les autres filles afin d'avoir tous les garçons pour elle seule ?

Les garçons avaient raison. Puisque personne n'avait vu l'agresseur, le directeur décida de considérer la chute de Marjolaine comme un malencontreux accident. Puis, il appela madame Benoît afin qu'elle ramène sa fille à la maison, tout en s'efforçant de ne pas l'alarmer.

Lorsque Marjolaine fut repartie avec sa mère, Marianne se rendit au bureau du journal pour voir Justin.

« Pourquoi tout cela arrive-t-il ? » se demandat-elle en marchant dans le couloir. Depuis deux jours, *quatre* de ses amies avaient échappé à la mort.

Était-elle en danger également ? Était-ce la raison pour laquelle elle se sentait observée ? Comme si quelqu'un la surveillait et l'attendait…

Secouant la tête pour chasser ces sombres pensées, Marianne continua à marcher jusqu'au bureau du journal.

La porte était ouverte lorsqu'elle arriva. En entrant, elle eut une mauvaise surprise. Justin était assis à son bureau comme d'habitude, un crayon derrière l'oreille. Et Vicki était également assise sur son bureau. Elle portait un t-shirt rouge moulant et une mini-jupe de cuir noire qui dévoilait sa silhouette parfaite. Elle était penchée en avant et ses cheveux noirs soyeux balayaient sa joue bronzée. Elle semblait murmurer dans l'oreille de Justin.

Pire encore, celui-ci paraissait heureux de l'écouter.

Marianne figea dans l'embrasure de la porte. Et si elle avait attendu trop longtemps avant de demander à Justin de l'accompagner à sa soirée d'anniversaire? Et s'il avait invité Vicki?

— Oh! Salut Marianne, dit Vicki d'une voix rauque.

Marianne s'accorda le plaisir de voir Justin lever les yeux d'un air coupable et rougir avant de tourner les talons et de s'éloigner en courant. Même lorsqu'elle l'entendit crier son nom, elle poursuivit sa course.

De retour chez elle, elle se réfugia dans sa chambre et s'efforça de ne plus penser à tous ses problèmes. Car il y avait des choses plus importantes auxquelles elle devait réfléchir.

Depuis qu'elle avait vu Marjolaine s'accrocher au câble et redescendre l'échelle secouée, mais saine et sauve, Marianne savait qu'elle ferait l'échange avec Juliette. Elle avait tout simplement refusé de l'admettre jusqu'à maintenant.

L'idée ne lui semblait pas aussi folle, aussi impossible. Quatre de ses amies avaient eu assez de chance pour survivre. Contrairement à Juliette. Tout ce que Juliette voulait, c'était une petite semaine. Ce n'était pas beaucoup.

Heureuse que Marjolaine ne se soit pas blessée en tombant de la passerelle, Marianne se sentait généreuse. Effrayée, *terrifiée* même, mais généreuse. Que représentait une semaine, de toute façon ? Presque rien.

Sa grand-mère n'avait-elle pas affirmé que Marianne était différente ? Le temps était peut-être venu de le prouver. Quelque chose au fin fond d'elle-même la poussait à poser un geste incroyablement terrifiant. C'était le moment d'y prêter attention.

Laissant tomber ses livres et son sac en jean sur le lit, Marianne inspira profondément et marcha vers le miroir.

— Juliette, tu es là ? appela-t-elle doucement. Je veux te parler.

Le miroir demeura clair. Aucune plume, aucune lueur argentée, aucune voix ne se manifesta. Il n'y avait dans le miroir que le reflet de Marianne.

Chapitre 8

Lorsque le miroir lui renvoya sa propre image, Marianne ressentit un mélange de soulagement et de déception.

Où était Juliette ?

Durant la soirée, toutes les cinq ou dix minutes, Marianne appela Juliette. En vain.

Après avoir téléphoné à Marjolaine pour s'assurer que celle-ci allait vraiment bien, Marianne se glissa sous les couvertures. Toutefois, elle n'avait pas l'intention de dormir. Elle veillerait et continuerait à appeler Juliette.

Les événements horribles de la journée, cependant, l'avaient épuisée. Elle s'endormit.

Durant la nuit, elle se réveilla en sursaut. Elle avait fait un cauchemar ; sa tête était lourde et elle avait très, très froid.

Soudain, elle reconnut le froid qui précédait toujours l'arrivée de Juliette.

Marianne frissonna et observa le miroir où apparaissaient peu à peu les contours de l'image lavande.

— Je suis désolée de n'être pas venue plus tôt, s'excusa Juliette. Je t'ai entendue m'appeler, mais je craignais que tu aies décidé de ne pas faire l'échange. Je ne pouvais supporter de te l'entendre dire. Marianne, qu'est-ce qui ne va pas ? Tu as une mine terrible !

— Ça va.

Marianne inspira profondément, puis expira.

— Juliette, j'ai réfléchi. Je veux que tu m'expliques encore comment se déroulerait l'échange.

— C'est vrai ?

— Oui. Comment ferions-nous exactement ? Dis-moi tout.

— Oh ! c'est si facile. Une fois décidée, tout ce que tu as à faire est d'entrer dans le miroir. Et moi, j'en sortirai... sous tes traits. Ça ne prend qu'une seconde.

— Et je serai invisible, mais tu pourras m'entendre ?

— Oui. Et rien de ton monde ne pourra t'atteindre.

— Mais... toi, tu pourrais être touchée. Et tu seras moi. Ça me fait peur, Juliette. La personne qui en veut à mes amies pourrait bien me... te poursuivre. Es-tu *certaine* de pouvoir te protéger mieux que je le ferais ?

— Oui, Marianne, j'en suis sûre. Je ferai attention.

Marianne aurait voulu parler de tout ça à quelqu'un. Mais qui la croirait ? Elle avait elle-même du mal à croire ce qui lui arrivait.

— Tu ne peux en parler à personne, Marianne, l'avertit Juliette, lisant dans ses pensées. Je sais que c'est difficile, mais ça gâcherait tout.

— Tu crois que tu me connais assez pour agir et parler comme moi ? demanda Marianne.

— Ce n'est que pour une semaine, Marianne. Je m'en tirerai très bien.

— Et tu seras identique à moi ?

— Je *serai* toi, Marianne. J'aurai ton apparence et ta voix. Mais à l'intérieur, ce sera toujours moi.

La voix de Juliette était calme et rassurante, comme si elles parlaient de quelque chose de banal : aller faire une promenade, par exemple.

Marianne tenta de se détendre.

— Il faudrait que nous répétions avant que je me décide.

— Bien sûr. C'est très simple. Tu entres dans le miroir et j'en sors, sous tes traits.

Elles essayèrent. Juliette avait raison : après chaque transformation, Marianne ne ressentait qu'une étrange sensation de légèreté, comme si elle était une bulle de savon. Elle n'aimait pas le vide du miroir, mais Juliette lui rappela qu'elle n'était pas obligée d'y rester.

— Tu peux aller où tu veux, en autant que tu ne quittes pas la région du lac.

Elles firent l'échange quatre fois. Le plus étrange, c'était d'entrer dans le miroir et de voir son corps, maintenant habité par Juliette, devant elle. Quand Marianne voulait redevenir elle-même, elle n'avait qu'à dire : « Je suis Marianne et je veux être moi de nouveau. » Et elle reprenait son corps.

— Quand ferons-nous l'échange, Marianne ? demanda Juliette, la voix tremblante d'excitation. Il faut que ce soit bientôt. Il ne reste que très peu de temps avant ton anniversaire.

Marianne se décida. Juliette n'avait qu'une chance de pouvoir revivre, pour une petite semaine. Ce serait cruel de ne pas lui laisser profiter de cette occasion.

Mais ce n'était pas tout. Il y avait une chance que Juliette puisse découvrir qui était responsable des accidents survenus depuis quelques jours. Marianne devait saisir cette chance.

— J'ai déjà décidé, annonça Marianne calmement. Il faut que ce soit demain soir. Tu auras une semaine entière et nous referons l'échange samedi soir prochain, à temps pour ma soirée d'anniversaire dimanche. Je *dois* assister à cette soirée.

Fixer une date précise pour l'échange rendait Marianne encore plus nerveuse. Mais elle était décidée. Elle ne changerait plus d'avis.

Juliette poussa un cri de joie.

— Je n'arrive pas à y croire ! Enfin ! Oh ! ce sera si merveilleux ! J'aurai toute une semaine !

Il faisait plus clair dans la chambre. C'était presque l'aube.

— Aujourd'hui est déjà là, murmura Marianne. C'est samedi.

— Tu promets que tu ne changeras pas d'avis, n'est-ce pas, Marianne ?

Marianne fit un signe affirmatif.

— Alors je vais partir. Je suis si excitée ! J'espère que la journée passera rapidement. Appelle-moi ce soir lorsque tu seras prête. Je serai là. Merci, merci, merci, Marianne !

Tandis que l'image s'évanouissait dans le miroir et que la chambre devenait plus claire, Marianne résista à l'envie de rappeler Juliette et de lui dire qu'elle avait changé d'avis, que tout cela n'était pas possible. Elle tourna le dos à la psyché, déterminée. Elle avait promis.

Marianne prit une douche et passa la journée à faire des courses en prévision de sa soirée d'anniversaire.

Marjolaine lui téléphona pour lui apprendre qu'il n'était toujours pas possible de rendre visite à Mylène et que le chef de police n'avait pas donné de nouvelles.

— Je ne crois pas qu'il ait même examiné la voiture en détail encore, dit Marjolaine. Si j'apprends qu'il y a eu sabotage, je pourrais lui fournir le nom d'un bon suspect ! ajouta-t-elle d'un ton mystérieux.

Marianne raccrocha avec l'impression d'avoir été déloyale. Elle allait poser un geste incroyablement étrange et terrifiant et n'en avait rien dit à sa meilleure amie. Mais Juliette avait été très claire : en parler à qui que ce soit gâcherait tout.

Justin téléphona deux fois, mais Marianne ignora ses messages. « Que Juliette se débrouille avec lui », se dit-elle. Juliette allait devoir l'inviter à la soirée d'anniversaire de Marianne ; c'était la seule chose qu'il restait à faire. C'était écrit en toutes lettres sur la liste des préparatifs : INVITER JUSTIN.

Marchant vers la psyché à la tombée du jour, les mains et les genoux tremblants, Marianne prononça doucement le nom de Juliette, regrettant amèrement de n'avoir pas parlé de cette histoire à ses parents. Mais, bien sûr, elle n'aurait pas pu le faire. Ils n'auraient jamais compris. Jamais !

Avant de procéder à l'échange, Marianne posa une dernière question à Juliette.

— Encore une chose, Juliette. Je me demandais si…

Juliette l'interrompit.

— Oui, j'inviterai Justin à ta soirée d'anniversaire. Et il dira oui, ne t'inquiète pas.

Incapable de trouver une raison pour gagner du temps, Marianne fit un signe affirmatif, inspira profondément et entra dans le miroir.

Chapitre 9

Au désespoir de Marianne, les sensations qui accompagnaient la transformation finale étaient très différentes de celles des répétitions. L'impression de légèreté qu'elle avait ressentie la veille s'était changée en une horrible sensation de torsion, comme si des bras d'acier la tiraient.

Lorsque cette terrible impression fut passée, laissant Marianne sidérée, celle-ci se retrouva plongée dans une obscurité glaciale. Au-delà de la noirceur, elle pouvait voir sa chambre. Mais celle-ci semblait très loin, comme si Marianne regardait à travers un télescope.

— *Juliette ! Juliette !* s'écria-t-elle, effrayée. *Je ne te vois pas. Où es-tu ?*

Et une fille identique à Marianne apparut devant le miroir, un large sourire sur les lèvres.

— Je suis là, Marianne. Je t'entends. Calme-toi !

Sa voix était pareille à celle de Marianne.

— Souviens-toi que tu peux me parler n'importe quand.

Ses paroles ne réussirent pas à atténuer la terrible peur de Marianne.

« Qu'est-ce que j'ai fait ? » se demanda-t-elle.

— *Juliette, je me sens affreusement mal. Si loin de tout. Ce n'est pas du tout comme lorsque nous avons répété. Pourquoi est-ce si différent maintenant ?*

— C'est parce que cette fois, c'est vrai, Marianne. Mais ce n'est que pour une semaine. De toute façon, tu te sentiras mieux bientôt. Ne t'inquiète pas.

Puis, émerveillée, Juliette toucha ses joues, ses cheveux, ses bras.

— Oh ! je n'arrive pas à le croire !

Un sourire radieux éclairait son visage.

— Ce sera fantastique !

Les sept jours qui avaient semblé si peu de chose à Marianne s'étiraient maintenant devant elle comme un long tunnel noir.

« C'est horrible, pensa-t-elle. *J'ai l'impression d'avoir été aspirée dans un trou sans fond. Je n'arriverai jamais à supporter cela durant sept longues journées ! »*

Seule la joie évidente de Juliette l'empêchait de tout abandonner. Marianne s'efforça de se détendre et de se convaincre que tout irait bien.

Elle se laissa distraire par l'enthousiasme de Juliette.

— *Tu ferais mieux de te calmer, Juliette,* dit-elle doucement. *Je ne suis pas une personne très exubérante. Les gens auront des soupçons.*

— Tu as raison. Je vais essayer. Mais je suis si excitée. Je m'en vais prendre un merveilleux bain et ajouter un peu de maquillage. Puis, je sors ! C'est samedi soir. J'ai des gens à rencontrer !

Juliette s'arrêta devant le miroir.

— Marianne, merci ! Tu ne le regretteras pas.

Marianne, toutefois, regrettait déjà. Et elle avait peur.

Avant qu'elle n'ait pu poser l'une des douzaines de questions qui lui trottaient dans la tête, Juliette lui fit un signe de la main et sortit de la chambre.

Lorsque la porte se referma, Marianne eut l'impression qu'on venait de fermer le couvercle de sa tombe.

« *Tu t'en fais pour rien, Marianne,* se dit-elle. *Ne sois pas stupide. Tu vas sortir de cet endroit sombre et froid et tout ira bien, comme Juliette l'a dit.* »

Mais ce ne fut pas le cas. En sortant du miroir, la sensation d'être totalement coupée du monde ne la quitta pas.

« *Personne ne peut me voir ni m'entendre. Aux yeux du monde, je n'existe pas. Est-ce cela qu'a ressenti Juliette durant toutes ces années ? L'isolement ? Comme c'est difficile de ne pas faire partie de ce monde !* »

La seule façon d'atténuer son sentiment de solitude était d'aller là où il y avait des gens.

Après tout, rien ne l'obligeait à demeurer dans sa chambre, toute seule. Marianne descendit donc.

Sa famille était rassemblée dans la cuisine. Marianne se souvint que Manuel, son frère, jouait dans une pièce de théâtre ce soir-là. Il tenait le rôle principal dans *Peter Pan*.

Même si la solitude lui pesait moins lorsqu'elle était entourée de gens, Marianne avait l'impression, en regardant sa famille, d'avoir sous les yeux un dessin rempli d'erreurs.

« Je me regarde manger, rire et parler... mais ce n'est pas moi. C'est Juliette. Et personne dans cette pièce ne le sait, sauf Juliette et moi. Comment mes parents peuvent-ils ne pas s'en apercevoir ? Ne se rendent-ils pas compte que Juliette rit et parle plus que je le fais ? »

Et puis, il y a le maquillage de Juliette.

« Elle a l'air sortie tout droit d'un film des années quarante. Je ne porte jamais d'ombre à paupières bleue. De plus, elle doit avoir appliqué au moins huit couches de mascara sur ses cils. J'aurais dû l'accompagner dans la salle de bain pour l'aider. »

— Tu n'as pas l'intention de venir au théâtre avec toute cette peinture sur ton visage, n'est-ce pas ? demanda Manuel à Juliette.

Elle le fixa.

— Au théâtre ? Je n'y vais pas. Je vais au centre commercial.

Marianne gémit silencieusement.

— Tu ne viens pas à la pièce ? répéta la mère de Marianne. Mais nous avons tout planifié cette semaine ! Je croyais que Justin et toi deviez vous rencontrer là-bas. N'écrit-il pas un article pour le journal étudiant ? Marjolaine sera là aussi. Brigitte joue également dans la pièce.

— *Brigitte est la petite sœur de Marjolaine,* dit Marianne à Juliette. *Il y a des semaines que cette soirée est organisée.*

Parler en sachant que seule Juliette pouvait l'entendre augmentait son sentiment d'isolement.

Juliette rit.

— Je plaisantais, dit-elle rapidement. Bien sûr que j'assisterai à la pièce. Je ne manquerais ça pour rien au monde. Ce sera amusant.

— Bon, tant mieux, dit la mère de Marianne. Car il n'est absolument pas question que tu te balades dans la ville toute seule. Pas avant que le chef de police ne nous affirme qu'il n'y a plus aucun risque. Tu seras en sécurité avec nous au théâtre et je n'aurai pas à m'inquiéter.

Tandis que les autres terminaient leur repas, Marianne eut soudain envie de tout annuler. Observer Juliette dans sa peau était tellement plus difficile qu'elle ne l'avait imaginé. Elle avait cru que ce serait comme regarder l'une des vidéocassettes de la famille que filmait parfois son père. Mais ce n'était pas du tout comme ça. Sur l'écran de télévision, elle avait toujours la certitude que c'était bien elle qu'elle regardait.

Cependant, en observant Juliette, elle se sentait prise au piège, emprisonnée. De plus, le fait de savoir qu'elle ne pouvait pas toucher ses parents ni Manuel la désolait encore davantage.

Comment parviendrait-elle à supporter cela durant toute une semaine ?

Misérable, effrayée et plus seule que jamais, Marianne suivit sa famille au théâtre.

Chapitre 10

Le théâtre était climatisé et rempli à craquer. Marianne constata que ses parents n'étaient pas les seuls à être accompagnés de leurs adolescents. Marjolaine avait raconté à tous ceux qui voulaient bien l'entendre qu'on l'avait poussée de la passerelle. La plupart des parents l'avaient crue. La peur se lisait dans leurs yeux.

— Qu'est-ce que c'est que cette peinture de guerre? demanda Marjolaine en se joignant à la famille Laurier dans la première rangée. As-tu dévalisé le comptoir de produits de beauté de la pharmacie?

Juliette rit et haussa les épaules.

— J'ai décidé que l'heure était au changement. Je vais bientôt avoir seize ans, Marjolaine. As-tu vu Justin?

— Il gare la voiture. Il sera là d'une minute à l'autre. Et puis, as-tu enfin invité le prince charmant à ta soirée d'anniversaire?

— Je le ferai ce soir. Et il acceptera, répondit Juliette.

Marjolaine parut impressionnée.

— C'est donc vrai ce que raconte la publicité à propos du maquillage ? Tu es complètement transformée !

— *Fais attention, Juliette,* dit Marianne. *Si tu en fais trop, Marjolaine découvrira que non seulement tu as changé, mais que tu n'es pas moi du tout.*

Si Justin fut étonné de l'accueil enthousiaste que lui réserva Juliette, il n'en montra rien. À l'entracte, dans le hall, Juliette bavarda, rit des plaisanteries de Justin et lui tint la main durant tout ce temps.

Marianne, qui les observait d'un air misérable, se consola en se disant qu'après tout, Justin pensait que c'était Marianne qui flirtait avec lui. Et il semblait vraiment s'amuser. Cependant, voir Juliette si heureuse à ses côtés était difficile à accepter. Marianne aurait tellement voulu toucher Justin, comme le faisait Juliette. Mais elle ne pouvait pas. Durant une longue semaine, elle serait incapable de le toucher, de lui sourire ou de lui parler.

Marianne comprit alors que ce serait la semaine la plus longue de sa vie.

Après la pièce, Marguerite Laurier insista pour que tous retournent à la maison, gâchant ainsi les plans de Juliette qui aurait voulu être seule avec Justin.

— Je sais que tu me trouves mère poule, mais je serais vraiment plus tranquille si vous étiez tous à la maison. Fais-le pour moi, d'accord ? Justin et Marjolaine peuvent venir aussi.

— Mais c'est samedi soir ! protesta Juliette. Tout le monde sera au centre commercial.

Madame Laurier secoua la tête.

— Je ne crois pas. J'ai parlé à bon nombre de parents ce soir et ils ont également décidé de garder leurs enfants chez eux.

Elle tapota l'épaule de Juliette.

— Ce n'est que pour quelques jours, chérie. Le temps que le chef de police voit si on a saboté la voiture de Mylène et mette la main sur la personne qui a poussé Marjolaine sur la passerelle. Je suis certaine que les choses reprendront leur cours normal à temps pour ta soirée d'anniversaire.

De retour à la maison, Manuel et son père firent un tour de bateau. Madame Laurier descendit sur le quai pour se détendre et admirer le ciel. Justin réussit à convaincre Marjolaine et Juliette de regarder un film de science-fiction dans la salle de séjour.

Justin semblait tellement apprécier la compagnie de Juliette que Marianne commença à se demander s'il ne serait pas déçu en retrouvant «l'ancienne» Marianne à la fin de la semaine.

« Je ne pourrai jamais être comme elle, éblouissante et extravertie. Pas étonnant qu'elle ait été si populaire il y a quarante-cinq ans. »

Marianne remarqua que Marjolaine ne semblait pas s'amuser beaucoup. Elle avait l'air esseulée et ne cessait de regarder Juliette, de toute évidence troublée par le comportement inhabituel de son amie.

« Pauvre Marjolaine ! Elle ne comprend pas pourquoi je suis soudain devenue mademoiselle Personnalité. J'aurais dû lui dire ce qui allait se passer. »

Marianne décida d'aller rejoindre son frère et son père. Il y avait de nombreux bateaux sur le lac. Marianne fut soulagée d'apercevoir Barbara Lamy, un bandage sur la joue, à bord d'un canoë avec son petit ami. Barbara avait eu plus de chance que sa sœur aînée. Marianne aperçut aussi Dany Richard et plusieurs autres personnes à bord d'un autre bateau. Puis, elle vit les deux garçons qui avaient secouru Marjolaine avec l'échelle à bord d'une autre embarcation. Enfin, elle croisa Vicki Dorion, accompagnée de quelques garçons qu'elle ne connaissait pas.

Malheureusement, Marianne constata que de se retrouver dehors avec les arbres et le lac autour d'elle ne lui remontait pas le moral, pas plus que de plonger dans le lac, où elle découvrit que ni le froid ni l'eau ne l'atteignaient. Frustrée et triste, elle remonta à la surface. Les rires et les bavardages provenant des bateaux l'accueillirent.

« Je préférerais encore sentir le froid et l'eau que de ne rien sentir du tout. Rien ne pourrait être pire que cette impression de vide. Rien ! »

Lorsque son père dirigea le bateau vers la rive,

Marianne le suivit.

Près du quai, quelque chose qui bougeait dans l'eau attira son attention. Marianne s'approcha afin de mieux voir. Qu'est-ce que c'était ?

Une branche d'arbre ? Les restants d'un pique-nique ?

Marianne aperçut des cheveux qui flottaient dans l'eau. Elle vit deux bras, deux jambes...

Un cri monta en elle.

Sa mère flottait, inanimée, dans les eaux du lac.

Chapitre 11

À la vue de sa mère qui flottait sur l'eau sombre, Marianne se sentit totalement impuissante. *« Je n'ai pas de voix ni de corps, je ne peux ni crier ni la sortir de là. Et si elle meurt, ce sera ma faute. Si je n'avais pas fait l'échange avec Juliette, je pourrais la sauver. »*

Le cri hystérique de Manuel ramena Marianne à la réalité. Une seconde plus tard, Manuel plongea dans les eaux peu profondes du lac et saisit sa mère par son chemisier.

— Maman ! Maman ! hurla-t-il d'une voix terrifiée.

Son père le rejoignit et ensemble, ils transportèrent Marguerite Laurier sur la rive.

Marianne voulait désespérément aider sa famille. Il n'y avait qu'une façon de le faire. Elle courut vers la maison. *« Maman, maman, je t'en prie, ne meurs pas ! »*

Une fois à l'intérieur, elle chercha la seule personne qui pouvait l'entendre. Elle trouva

Juliette dans la salle de séjour en compagnie de Justin. Ils étaient assis très près l'un de l'autre sur le canapé de velours. Marjolaine n'était pas là.

— *Juliette! Juliette! Vite! Compose le 9-1-1! C'est maman! On l'a trouvée dans le lac. Inanimée. Dépêche-toi! Je te donnerai les coordonnées.*

Juliette se précipita vers le téléphone posé sur la table près de la bibliothèque. Au même instant, Manuel entra dans la maison en pleurant. Pris de panique, il répéta ce que Marianne venait de dire à Juliette sans s'apercevoir que celle-ci était déjà en train de demander du secours.

— Papa lui donne la respiration artificielle, dit Manuel à Justin. Mais elle... elle n'a pas bougé.

Lorsque Juliette raccrocha, Manuel se tourna vers elle.

— J'ai peur. Elle ne bouge plus.

— Allons-y! déclara Justin.

— L'ambulance sera là d'un instant à l'autre, dit Juliette tandis qu'ils sortaient de la maison en courant. Je leur ai dit de se rendre directement au quai.

— Est-ce que tu possèdes une boule de cristal dont tu ne m'as pas parlé? lui demanda Justin en courant.

— Quoi? dit Juliette.

— Tu avais le téléphone en main *avant* même que Manuel n'entre. Comment as-tu su qu'il se passait quelque chose?

— Oh ! dit Juliette, stupéfaite. Je les ai vus. Par la fenêtre. Je savais que c'était grave.

Apparemment satisfait de cette explication, Justin acquiesça et se mit à courir plus vite.

Lorsqu'ils atteignirent le quai, la mère de Marianne était à demi assise, appuyée sur la poitrine de son mari. Bien qu'elle toussât et cherchât son souffle, tous furent soulagés de voir qu'elle était revenue à elle.

Une sirène annonça que l'ambulance approchait.

— Ça va, maman ? demanda Manuel en s'agenouillant à côté de sa mère. Qu'est-ce qui s'est passé ? Tu es pourtant une bonne nageuse.

— Je ne nageais pas, répondit-elle faiblement. J'étais assise sur le quai. Je réfléchissais en admirant les lumières qui se reflétaient sur l'eau. Et... quelque chose de dur m'a frappée derrière la tête. C'est tout ce dont je me souviens.

Elle tenta de sourire.

— Comme on dit dans les films, tout est devenu noir.

Elle toucha sa nuque et, lorsqu'elle baissa la main, on aperçut du sang à la lueur de la lanterne du bateau.

L'ambulance arriva. Le père de Marianne accompagna son épouse à l'hôpital. Il demanda à Justin de les suivre avec Juliette et Manuel.

Marianne monta également dans l'ambulance. Tandis que les ambulanciers prodiguaient les premiers soins à sa mère, elle s'efforça de ne pas céder à la panique. D'abord, ses amies intimes avaient frôlé la mort. Maintenant, quelqu'un avait délibérément frappé sa mère à la tête avant de la regarder tomber dans les eaux du lac.

Mais qui ? Tout le monde aimait la mère de Marianne. Comme les autres victimes, elle n'avait pas d'ennemi. Jusqu'à ce jour.

«Nous devons refaire l'échange tout de suite ! Je déteste ne pas tenir ma promesse et décevoir Juliette, mais je ne peux rester là pendant qu'un maniaque attaque ma famille. J'espère que Juliette comprendra. Je n'aurais jamais dû accepter de faire l'échange, d'ailleurs. »

Lorsque Marguerite Laurier fut confortablement installée dans un lit d'hôpital, un épais bandage blanc derrière la tête, son mari annonça qu'il resterait à son chevet toute la nuit.

— Non ! s'écria-t-elle en écarquillant les yeux. Je veux que tu restes à la maison avec les enfants. Je ne veux pas qu'ils soient seuls. Pas maintenant !

— Oui, je suppose que tu as raison, répondit Bernard Laurier avant de ramener sa famille à la maison.

Après le départ de Justin, Juliette monta à sa chambre. Marianne la suivit.

En fouillant dans le sac en jean de Marianne, Juliette laissa tomber des papiers et des vieux mouchoirs de papier sur le sol. Elle trouva enfin la brosse qu'elle cherchait et commença à brosser ses boucles noires d'un air absent.

— *Juliette, j'ai peur. En voyant ma mère flotter sur l'eau, je me suis rendu compte à quel point je suis impuissante dans ma position. Je ne pouvais pas la tirer de là ni crier. C'était vraiment terrible. Je ne veux plus jamais revivre une telle situation. Il faut refaire l'échange tout de suite !*

À ces mots, Juliette laissa tomber la brosse. Ses yeux se remplirent de larmes.

— Oh ! non, Marianne, tu n'es pas sérieuse ! sanglota-t-elle. Tu ne peux pas faire ça ! Je n'ai même pas encore eu une journée complète !

Marianne eut l'impression qu'elle coupait les ailes d'un papillon.

— *Je sais. Et j'en suis désolée, Juliette. Vraiment. Je sais que je t'avais promis une semaine entière. Mais je n'avais pas prévu tous ces événements. Être incapable de sauver ma mère, Juliette, c'était… horrible !*

À son grand étonnement, Juliette fondit en larmes.

— Marianne, je t'en prie, ne fais pas ça ! Ta mère s'en tirera, le docteur l'a dit. C'est si important pour moi ! Je prendrai soin de ta mère, promis !

— *Juliette, le moment est mal choisi…* commença-t-elle faiblement.

— Marianne, je te l'ai dit, l'interrompit Juliette, il n'y a *pas* d'autre temps pour moi ! Plus tard, ce sera trop tard. Trop tard…

Devant l'angoisse de Juliette, Marianne sentit fondre ses dernières réserves de détermination.

Elle n'avait jamais fait tant de peine à qui que ce soit dans sa vie et n'arrivait pas à le supporter.

— *Très bien*, dit-elle en soupirant. *Nous ne ferons pas l'échange ce soir. Maintenant, cesse de pleurer, d'accord ?*

Juliette leva la tête, les yeux remplis d'espoir.

— C'est vrai ?

— *Oui… Mais si autre chose arrive à ma famille ou à mes amis, nous ferons l'échange.*

— Bien sûr, Marianne. Mais rien d'autre ne se produira. Je le sens. Tout ira bien.

Juliette enfila le pyjama blanc de Marianne et s'étendit sur le lit.

— Au fait, j'ai invité Justin à ta soirée d'anniversaire après le départ de Marjolaine. Il a dit oui. Alors cesse de t'inquiéter.

— *Juliette, que s'est-il passé avec Marjolaine ce soir ? Pourquoi est-elle rentrée si tôt ?*

— Je suppose qu'elle était fatiguée. Bonne nuit, Marianne. À demain.

Une minute plus tard, Juliette dormait profondément. Soudain, quelque chose sur le tapis bleu attira l'attention de Marianne. Elle sut tout de suite de quoi il s'agissait. Comment un autre dessin pouvait-il se trouver dans sa propre maison ?

Sur la feuille de papier vert était dessinée une marguerite. Aucun doute possible : Marguerite, c'était sa mère.

Elle se souvint que Juliette avait retiré plusieurs choses de son sac en arrivant. Le dessin avait dû s'y trouver. Mais comment cela était-il possible ?

Quelqu'un avait dû glisser le dessin dans son sac lorsqu'elle était allée au théâtre. Si Juliette n'avait pas été si distraite, elle l'aurait vu avant. Marianne aurait alors pu avertir Juliette de ne pas laisser sa mère seule.

Au moins, sa mère était en vie. Elle rentrerait à la maison le lendemain.

Mais… ce n'était peut-être pas fini. Et s'il y avait une autre victime ? Juliette, par exemple ? Celle-ci avait dit qu'elle pouvait se protéger, mais si elle se trompait ?

Si quelque chose empêchait Marianne et Juliette de refaire l'échange samedi soir, que deviendrait Marianne ?

Il fallait qu'elle sache. *Maintenant.*

— *Juliette ! Réveille-toi, Juliette ! Je dois te parler.*

— Quoi ? marmonna Juliette. Qu'est-ce qu'il y a, Marianne ?

— *Il y a quelque chose que tu ne m'as pas dit. J'ai besoin de savoir. Qu'est-ce qui m'arriverait… si tu étais… si quelque chose arrivait à mon corps pendant que tu es moi ?*

— Si quelque chose t'empêchait de redevenir toi avant minuit samedi, dit lentement Juliette, tu… ne pourrais plus revenir.

Marianne eut le souffle coupé.

— *Et tu n'avais pas l'intention de me le dire, n'est-ce pas ?*

— Je ne voulais pas t'effrayer, Marianne. Parce que rien de mauvais ne m'arrivera. Je peux éviter les dangers mieux que toi. Ton corps est plus en sécurité avec moi qu'avec toi.

Marianne n'entendait rien de ce que Juliette racontait. Être prisonnière de cet horrible monde vide... pour toujours. C'était trop terrible !

Marianne sortit sur la terrasse. Tout était parfaitement silencieux. Pas une seule feuille ne bougeait dans les arbres. Le lac était calme, s'étendant entre les deux rives comme une tache d'encre géante. Une à une, les lumières des maisons sur le bord du lac s'éteignirent.

Marianne ne s'était jamais sentie aussi seule.

Chapitre 12

Marianne mit Juliette en garde.

— *Garde les yeux ouverts. Tu auras peut-être un autre dessin de ce genre si quelqu'un d'autre est attaqué. Vérifie dans le local d'arts plastiques tous les jours ainsi que dans la boîte aux lettres. De plus, je crois que maman a raison, Juliette. Ce n'est pas prudent de sortir seule.*

Juliette ne discuta pas. Elle ne voulait pas être seule de toute façon. Elle préférait la compagnie de Justin.

— Je sais que c'est ton petit ami, dit-elle gaiement à Marianne, mais il croit que je suis *toi*. Je ne fais donc rien de mal, n'est-ce pas?

Juliette ne semblait pas accorder d'importance aux dessins. Cela ennuyait Marianne. Comment parviendrait-elle à surveiller sa famille et Juliette en même temps? Sur la liste des victimes, Juliette était peut-être la prochaine.

Marianne n'arrivait pas à oublier ce que Juliette lui avait répondu la veille.

— *Juliette,* dit-elle tandis que celle-ci choisissait des vêtements dans la garde-robe de Marianne. *J'aimerais que tu prêtes attention à ce qui se passe dans la ville. Tu ne sembles pas t'en occuper. Si quelque chose t'arrive...*

Juliette étendit plusieurs vêtements sur le lit.

— Bon sang, Marianne, dit-elle nonchalamment, rien ne m'arrivera ! Je te l'ai dit : je peux sentir le danger.

— *Mais si quelque chose arrivait, je resterais comme ça pour toujours ?*

— Tu subiras le même sort que moi. À minuit, samedi, je disparaîtrai. Pouf !

Pouf ? Elle allait disparaître ? Pour toujours ?

La seule chose qu'elle pouvait faire, c'était prier pour que les heures et les jours passent vite.

Et espérer que Juliette avait raison de prétendre qu'elle était en mesure de se protéger.

* * *

Le père de Marianne ramena son épouse à la maison à midi. Pendant que sa mère dormait, Juliette obtint la permission d'aller à la bibliothèque avec Justin.

Lorsque Justin arriva, Juliette, qui portait une jupe blanche, un chemisier rouge et des sandales de même couleur, l'attendait sur le pas de la porte. Son maquillage était encore un peu trop voyant, mais elle était très jolie.

Le regard ravi de Justin lorsque ce dernier

aperçut Juliette déprima Marianne. Aurait-il la même expression sur son visage quand elle redeviendrait elle-même?

Justin et Juliette quittèrent la maison, main dans la main.

Marianne sortit à son tour. Elle erra durant un bon moment. Les rues étaient presque désertes, les résidants de la petite ville hésitant à quitter leur foyer. Il n'y avait pas de bateaux non plus sur le lac.

Découragée qu'il n'y ait rien à voir ni à entendre, Marianne retourna chez elle.

En arrivant, elle aperçut la voiture rouge de Justin garée dans l'allée, face au lac. Juliette et Justin se trouvaient à l'intérieur et étaient si près l'un de l'autre qu'on aurait cru voir une seule personne.

Et ils s'embrassaient. Passionnément.

Justin avait déjà embrassé Marianne auparavant. Jamais comme ça, cependant.

C'était si difficile de garder en tête que Justin croyait l'embrasser, *elle*, Marianne. Elle aurait tellement voulu lui dire la vérité. *«Justin, c'est moi, Marianne, ici. Ce n'est pas moi que tu embrasses, mais un fantôme nommé Juliette!»*

Mais il ne pourrait pas l'entendre.

Vingt longues minutes plus tard, lorsque Juliette entra dans sa chambre, un sourire rêveur sur son visage, Marianne l'attendait.

— *Juliette,* commença-t-elle, *quelqu'un aurait*

pu surgir derrière la voiture et la pousser droit
dans le lac. Justin et toi n'en auriez rien su avant
que vos chaussures n'aient été trempées! Je ne te
trouve pas très prudente!

Juliette se laissa tomber sur le lit défait, roula
sur le dos et plaça un oreiller sous sa tête.

— On croirait entendre quelqu'un de jaloux,
dit-elle avec un sourire. Voyons, Marianne! Justin
croit que c'est *toi* qu'il embrasse!

— *Il aura des soupçons. Il sait que je ne suis*
pas si... chaleureuse.

Juliette sourit.

— Ça n'a pas l'air de l'ennuyer, dit-elle d'un
ton mielleux.

Soudain, la sonnerie du téléphone retentit.
Juliette décrocha.

— Oh! Salut, Marjolaine.

La voix de Juliette devint glaciale.

— Oui, ma mère va bien. Elle est rentrée cet
après-midi.

Elle écouta un moment.

— Je ne crois pas te devoir d'excuses. Tu es
trop susceptible, c'est tout.

Il y eut un clic bruyant à l'autre bout du fil.

Juliette haussa les épaules et raccrocha le
téléphone.

— *Qu'as-tu fait à Marjolaine? Pourquoi veut-*
elle que tu t'excuses?

— Parce qu'elle est stupide, voilà pourquoi. Et
parce qu'elle joue au chaperon.

— *Hier soir, elle n'est pas partie parce qu'elle était fatiguée, n'est-ce pas, Juliette ? Que lui as-tu dit ?*

— Je lui ai simplement dit que c'était dommage qu'elle soit toute seule un samedi soir et n'ait rien de mieux à faire que de nous chaperonner, Justin et moi. Elle a tout de suite appelé son père afin qu'il vienne la chercher. Cinq minutes plus tard, elle était partie. Ce n'est pas vraiment ma faute, Marianne. Je n'ai pas voulu la blesser, mais je souhaitais être seule avec Justin.

— *Tu lui as dit qu'elle était de trop ? Juliette, c'est terrible !*

— Justin ne s'en est pas plaint.

Juliette sortit prendre son bain.

Marianne fixa le téléphone durant un long moment. *« Si seulement je pouvais décrocher ce téléphone et appeler Marjolaine. Elle doit être si déprimée. Me pardonnera-t-elle jamais ? »*

Mais il n'y avait rien d'autre à faire que d'attendre. Encore six jours. Six *longs* jours.

Chapitre 13

Le lendemain, Marianne comprit que Juliette n'avait pas vraiment l'intention de tenir sa promesse et d'aider sa mère à s'en remettre.

— La vaisselle ? Mais je n'ai pas le temps ! Justin sera là dans deux minutes.

En entendant son père annoncer qu'il prenait congé pour rester à la maison avec son épouse, Marianne décida d'aller rejoindre Juliette à l'école. La laisser sans surveillance pour un seul instant était non seulement dangereux, mais également stupide.

Marianne trouva Juliette dans la cafétéria en compagnie de Marjolaine.

Elles étaient assises à une table dans la salle presque déserte. Le visage de Marjolaine était rouge et son corps, tendu. Juliette, quant à elle, paraissait parfaitement calme.

— Tu pourrais au moins dire que tu es désolée ! déclara Marjolaine. Tu m'as rendue mal à l'aise devant Justin. C'était méchant, Marianne. Si j'avais voulu, j'aurais très bien pu sortir avec un garçon samedi soir et tu le sais.

— Alors pourquoi ne l'as-tu pas fait ? Tu n'arrêtes pas de me dire de jouer cartes sur table avec Justin. Comment veux-tu que je le fasse si tu es là à nous chaperonner constamment ?

— Je… je suppose que tu as raison.

La voix de Marjolaine était presque un murmure.

— Je suis désolée. Je ne m'étais pas rendu compte que j'étais de trop.

Marjolaine se leva et serra ses livres contre sa poitrine.

— Salut, murmura-t-elle avant de sortir rapidement de la cafétéria.

Lorsque Juliette se leva pour en faire autant, Marianne remarqua qu'elle n'était pas la seule qui observait Juliette. Vicki Dorion, assise seule à une table, fixait Juliette, les yeux remplis de haine. Mais pourquoi ? Parce qu'elle voulait Justin ?

Si Vicki était jalouse au point d'avoir blessé toutes ces personnes, Juliette le sentirait-elle lors du cours d'anglais qu'elles suivaient ensemble ?

Avant de quitter l'école, Marianne se dirigea vers le local d'arts plastiques. En s'approchant de son bureau, elle pria pour qu'il fût vide.

Il ne l'était pas.

Sur une feuille de papier jaune clair qui dépassait du pupitre, on avait dessiné au crayon mauve un livre ainsi qu'un énorme chien portant un petit baril. Un saint-bernard, sans aucun doute. Bernard! Son père! Et ce livre... Manuel!

Son frère *et* son père?

Pourquoi Juliette ne lui avait-elle rien dit à propos du dessin?

* * *

— Je ne suis pas allée au cours d'arts plastiques, répondit-elle lorsque Marianne lui posa la question une fois de retour à la maison. J'ai accompagné Justin qui devait acheter quelques trucs pour le journal. J'espère que tu n'es pas fâchée. Moi, si j'avais manqué un cours, mon père m'aurait tuée!

— *Pas ta mère?*

— Ma mère est morte quand j'avais neuf ans.

— *Oh! Je suis désolée, Juliette.*

Quels terribles drames avait vécus Juliette! La mort de sa mère, puis la sienne. Maintenant, tout ce qu'elle voulait, c'était une semaine.

Pourtant, Marianne regrettait amèrement d'avoir fait l'échange. Mais comment y mettre fin? Ce serait si cruel.

— *Juliette, as-tu manqué aussi le cours d'anglais?*

C'était le cours que Vicki suivait avec elle.

— Oui, mais je promets de ne plus le refaire. Je ne voudrais pas que tes professeurs soient en colère contre toi par ma faute.

Marianne était très déçue. Juliette ne pourrait

101

donc lui dire si elle avait senti un danger quelconque en étant près de Vicki. Il lui faudrait attendre.

* * *

— Tu restes à la maison ce soir, déclara le père de Marianne à Juliette tandis que toute la famille finissait de souper.

Juliette avait demandé la permission d'aller rencontrer Justin au bar laitier du centre commercial.

— Personne ne met le nez dehors. C'est clair ?

Cette fois, Juliette ne protesta pas. Elle semblait comprendre que de discuter ne la mènerait nulle part. Elle lava la vaisselle et balaya le plancher de la cuisine avant de monter dans sa chambre.

Marianne crut que Juliette allait téléphoner tout de suite à Justin pour annuler le rendez-vous, mais elle n'en fit rien. Elle prit plutôt une douche, enfila un jean et un joli chemisier vert, sécha ses cheveux et se maquilla. Puis, elle s'assit sur le lit, un roman à la main.

Elle resta là jusqu'au moment où les autres membres de la famille furent chacun dans leur chambre.

Alors, elle saisit le sac en jean de Marianne et sortit de la maison sur la pointe des pieds. Marianne savait qu'elle allait rejoindre Justin au centre commercial.

Marianne était très ennuyée. Sortir le soir était

dangereux. Elle savait que Juliette voulait seulement s'amuser. Toutefois, elle devait la surveiller. Il pouvait lui arriver quelque chose et tout ce qui touchait Juliette la touchait aussi.

La seule solution était de se rendre au centre commercial et de veiller à ce que Juliette rentre avant que quiconque ne s'aperçoive de son absence.

Se souvenant du dessin, Marianne s'assura que son frère et son père étaient en sécurité.

Puis, elle suivit Juliette.

Chapitre 14

En arrivant au centre commercial, Marianne trouva Marjolaine en train de discuter avec Vicki Dorion dans le corridor près du bar laitier. Justin et Juliette étaient à l'intérieur, assis l'un en face de l'autre à une table décorée de rose et de blanc. Ils étaient les seuls clients et ne semblaient rien voir de ce qui se passait à l'extérieur du bar laitier.

— Tu peux bien parler ! s'écria Marjolaine.

Sa voix résonnait dans le centre commercial. Le corridor était désert. Le bar laitier était le seul établissement encore ouvert. Ses portes fermaient plus tard afin d'attirer les gens qui sortaient du cinéma.

— Tu as du culot de traiter Marianne de flirteuse ! Dès qu'un garçon passe à moins de quinze mètres de toi, tu lui colles après comme une abeille à un pot de miel !

Marianne sentit une vague d'affection monter en elle. Juliette avait blessé Marjolaine ; pourtant, celle-ci défendait Marianne avec ardeur.

— Au moins, je ne suis pas hypocrite, siffla Vicki. Marianne ne s'était jamais intéressé à Justin jusqu'au jour où elle m'a surpris avec lui. Ce n'est qu'à ce moment-là qu'elle a montré ses couleurs !

— Tu n'as aucune chance avec lui. Il n'y a que Marianne qui l'intéresse. Laisse tomber, Vicki.

Vicki était pâle de rage.

— Je n'abandonne *jamais*. Si Marianne n'était pas entrée dans le bureau du journal ce jour-là, Justin m'aurait invitée à la soirée d'anniversaire de Marianne.

— Tu rêves, ma pauvre fille.

Furieuse, mais consciente que Marjolaine était tenace, Vicki tourna les talons et s'éloigna. Ses longs cheveux noirs se balançaient sur ses épaules comme une cape de soie.

Marianne aurait voulu sauter au cou de Marjolaine pour la remercier.

Elle n'avait jamais vu Vicki aussi furieuse. Tenait-elle à ce point à Justin ? Jusqu'où était-elle prête à aller pour l'avoir ?

À l'intérieur du bar laitier, Marjolaine ignora Justin et Juliette. La tête haute, elle se dirigea vers le comptoir et commanda un litre de crème glacée napolitaine. Puis, elle attendit, le dos tourné à ses amis.

— Marjolaine ? appela Justin. Viens ici. Tu n'es plus en colère, n'est-ce pas ?

Marjolaine se tourna à moitié.

— Je n'oserais pas m'immiscer entre vous

deux, répondit-elle d'un ton sec. Je viens chercher un dessert, c'est tout. Faites comme si je n'étais pas là. Ça ne devrait vous poser aucune difficulté.

Justin se leva et marcha vers le comptoir. Il passa son bras autour des épaules raides de Marjolaine.

— Allons, Marjolaine. Calme-toi. On n'a pas voulu te faire de peine l'autre soir. On regrette.

Marjolaine jeta un coup d'œil vers Juliette. Celle-ci mâchouillait sa paille et souriait à Justin. Elle ignora Marjolaine.

— Ouais, je constate qu'elle a de profonds remords, fit remarquer Marjolaine.

— Écoute, dit Justin. Je vais demander au père de Marianne la permission de conduire le bateau. Viens avec nous. On s'amusera. Tu ne peux nous en vouloir pour toujours.

Un son étouffé attira leur attention. Juliette s'était redressée et la peur se lisait sur son visage.

— Le bateau? parvint-elle à prononcer. Justin, tu ne m'as pas parlé d'aller faire un tour de bateau. Je ne veux pas y aller !

Marianne observait la scène. *« Pauvre Juliette ! Elle est terrifiée à l'idée d'aller sur le lac parce que c'est là qu'elle est morte. Mais eux ne comprendront pas. Ils savent que j'adore le lac. »*

— Écoute, protesta Marjolaine. Je suis seulement venue chercher un dessert, expliqua-t-elle tandis que Justin fixait Juliette, étonné. J'ai dû promettre à mes parents que je serais de retour

dans quinze minutes. Si je ne rentre pas, ils lance-
ront l'armée à ma poursuite. Ils sont complètement
paranoïaques ces temps-ci.

Elle paya et sortit sans dire un mot à Juliette,
qui ne sembla pas s'en rendre compte.

Justin retourna à la table.

— Qu'est-ce qui te prend? demanda-t-il à
Juliette. Depuis quand refuses-tu d'aller faire un
tour de bateau?

Juliette se pencha au-dessus de la table et saisit
les mains de Justin.

— Depuis l'accident de maman. Ça m'a
vraiment bouleversée.

Cette explication parut satisfaire Justin.

— Oh! oui, bien sûr. Mais tu t'en remettras,
n'est-ce pas?

Justin n'était pas très bon nageur, mais il
adorait aller en bateau.

— Mais oui! Parlons d'autre chose maintenant.

— Qu'as-tu décidé de faire à propos du dessin
que tu m'as montré? demanda Justin. Tu iras le
porter au chef de police?

— Le dessin?

— Oui, tu sais? La voiture de Mylène.

« J'ai bien fait de le lui avoir montré, se dit
Marianne. *Sinon, elle n'aurait pas su à quoi Justin
faisait allusion. »*

— Oh!

Juliette secoua la tête.

— Je ne crois pas qu'il y prêterait beaucoup

attention. Ce n'est qu'un dessin. Ça ne prouve rien.

« Justin n'est pas au courant qu'il y a eu deux autres dessins. Je n'ai jamais eu l'occasion de le lui dire. Pourquoi Juliette ne lui en parle-t-elle pas ? »

Lorsque Justin se leva pour aller payer l'addition, Marianne put enfin parler à Juliette.

— *Juliette, il faut que tu rentres avant que papa ne s'aperçoive de ton absence.*

Juliette bondit en entendant la voix de Marianne.

— *S'il se met en colère, il annulera la soirée d'anniversaire. Ce n'est pas prudent de sortir, de toute façon.*

Juliette cligna des yeux, alarmée.

— Il ne peut pas faire ça.

— *Si, il le peut. Rentre à la maison.*

— J'y vais tout de suite, Marianne, murmura Juliette. Je ne pourrais supporter que ta soirée d'anniversaire soit annulée.

Elle soupira.

— Je n'ai pas été très gentille. Je suis désolée. Je vais tenter de faire mieux. Promis.

Elle agita la main.

— Maintenant, va-t'en avant que Justin ne revienne.

Justin marchait vers Juliette, souriant.

— Tu parles toute seule ? Il paraît que c'est le premier signe de vieillissement.

Marianne resta juste assez longtemps pour voir Juliette lui adresser un sourire radieux. Puis, elle retourna chez elle et s'assura que toute sa famille allait bien. Elle attendit ensuite le retour de Juliette. Elles avaient des choses à discuter.

* * *

Au grand soulagement de Marianne, Juliette réussit à regagner sa chambre sans que ses parents ne s'en aperçoivent.

— Ouf! fit Juliette en pénétrant dans la pièce et en constatant que Marianne était là. J'y suis arrivée! Tu vois, Marianne? Il ne s'est rien passé de terrible. Ton père ne sait même pas que je suis sortie.

Toutefois, Marianne n'avait pas envie de parler de la petite escapade de Juliette.

— *Pourquoi n'as-tu pas dit à Justin qu'il y avait eu d'autres dessins? S'il savait qu'il y en a eu trois, je crois qu'il serait d'accord pour que tu les apportes au chef de police.*

— Marianne, ce ne sont que des dessins! Et puis, je ne veux pas perdre mon temps à parler de toute cette histoire avec Justin. Ce n'est pas très romantique.

— *Tu as promis de m'aider.*

— Je le ferai. Si je sens un danger quelconque, je t'en parlerai. Promis. D'accord?

— *Tu ne te rends pas compte à quel point ta... enfin, ma sécurité est importante?*

Juliette poussa un long soupir et acquiesça.

— Tu as raison, Marianne. Je suppose que j'étais trop excitée. Je ferai plus attention, désormais.

— *Merci.*

Marianne se dirigea vers la fenêtre. Elle aperçut soudain sur la commode une petite carte blanche où l'on pouvait lire que Marianne avait rendez-vous chez le coiffeur samedi, à treize heures.

— *Juliette, qu'est-ce que c'est? Je n'ai pas de rendez-vous chez le coiffeur.*

Juliette leva les yeux.

— Oh! Marianne, je voulais te faire une surprise! J'ai pris rendez-vous pour toi.

— *Mais je ne veux pas faire coiffer mes cheveux.*

Juliette rit.

— Mais bien sûr que tu le veux, Marianne. Tu ne peux célébrer ton seizième anniversaire avec…

Elle porta négligemment la main à ses boucles sombres.

— … ça.

— *Oui, je le peux. J'aime mes cheveux comme ils sont. Ne fais pas de projet sans m'en parler d'abord. Et annule ce rendez-vous.*

— Je ne peux pas le faire ce soir, dit Juliette, visiblement déçue. Je téléphonerai demain. Mais je crois toujours que tu devrais te faire coiffer. Je n'aurais jamais osé me présenter à ma soirée d'anniversaire sans d'abord aller au salon de beauté.

— Eh bien ! Tu n'es pas moi, n'est-ce pas ?

Juliette éclata de rire. En fait, elle était bel et bien Marianne. Elle riait encore lorsqu'elle sortit pour aller se brosser les dents.

Marianne, elle, ne trouvait pas ça très amusant.

Quand Juliette fut endormie, Marianne sortit. Le lac et les environs étaient paisibles.

« Comment dois-je m'y prendre pour surveiller Juliette, Manuel et papa à la fois ? Je ne peux pas être à trois endroits en même temps. »

La pensée que quelque chose pouvait arriver à son père ou à son frère l'effrayait.

Cependant, c'était encore plus terrifiant d'imaginer une attaque contre Juliette.

« Qu'est-ce que je ferai si quelque chose arrive à mon corps et que je ne peux pas le récupérer ? Mon Dieu, je ne veux même pas y penser ! »

Mais la question la hantait. Que ferait-elle si l'échange ne pouvait avoir lieu samedi soir ?

Elle ne trouva pas de réponse.

Chapitre 15

Durant les deux jours suivants, Marianne ne quitta pas Juliette d'une semelle. Les dessins ayant été trouvés à la polyvalente, elle avait conclu, après mûre réflexion, que Juliette était plus en danger à l'école que son père au bureau ou que Manuel à son école.

Juliette fit un effort, comme elle l'avait dit. Elle assista à tous les cours de Marianne, donna un coup de main à la maison et rendit visite à Mylène à l'hôpital ; elle semblait contente de demeurer à la maison le soir si Justin, Barbara, Laura ou Marjolaine se joignaient à elle. Mardi matin, elle téléphona à Marjolaine pour s'excuser et cette dernière lui pardonna.

Il n'y avait pas eu d'autres dessins.

Toutefois, Marianne n'était pas tranquille ; le dessin annonçant que les prochaines victimes seraient son père et son frère avait bel et bien existé.

Peut-être qu'il ne se passerait rien, après tout.

La personne qui avait posé des gestes si cruels avait peut-être décidé d'abandonner.

Mercredi, Dany Richard se joignit à Juliette, Justin et Marjolaine à l'heure du lunch. Il ne parla pas beaucoup, touchant nerveusement sa minuscule moustache. Marianne remarqua que Juliette l'observait attentivement.

— Je sens quelque chose chez lui, expliqua Juliette à Marianne lorsqu'elles furent rentrées à la maison. Je ne sais pas ce que c'est. Mais je vais l'avoir à l'œil.

Il le fallait, car Marianne avait déjà trois personnes à surveiller.

Lorsqu'elle se sentait seule, Marianne tentait de se consoler en pensant que, malgré tout, Juliette semblait heureuse.

Celle-ci lui parlait beaucoup des choses qui avaient changé depuis l'époque où elle avait vécu.

— Vous avez des trucs fascinants. Les vidéoclips, les supermarchés! Quand j'habitais ici, le lac était la seule attraction.

Juliette frissonna.

— Je n'ai jamais aimé cet endroit, mais mon père en raffolait. Il ne voulait pas retourner à la ville, où nous avions pourtant été très heureux.

— *L'accident a dû être un choc terrible pour lui.*

— Oui. Il a été foudroyé. Il m'aimait tant. Et moi aussi.

Juliette demeura silencieuse quelques secondes.

— Je l'avais mis en garde contre cet endroit, ajouta-t-elle doucement. Marthe m'avait dit qu'il y avait eu des accidents mortels ici. Mais il ne m'écoutait pas.

Elle soupira et changea de sujet, s'extasiant devant les disques compacts et les bigoudis chauffants.

La mère de Marianne allait mieux et pouvait vaquer à ses occupations. Cela allouait plus de temps libre à Juliette, mais son père ne voulait toujours pas qu'elle sorte le soir.

— Le chef de police n'a rien appris de nouveau, dit-il lorsque Juliette demanda la permission d'aller à la pizzeria. Mais tu peux commander une pizza et la faire livrer ici.

— C'est si frustrant ! gémit Juliette une demi-heure plus tard, assise sur son lit en mangeant de la pizza. Je trouve ton père stupide. Il ne s'est rien passé depuis samedi soir. Et je ne crois pas qu'il arrivera autre chose.

— *Tu n'en sais rien, Juliette. Mon père est prudent, c'est tout.*

Marianne était triste pour Juliette. Cette semaine ne se déroulait pas de la façon dont elle l'avait prévu. Personne n'organisait de danse, le centre commercial était presque désert et aucune activité amusante n'avait lieu dans la petite ville. Juliette, toutefois, ne se plaignait pas. Elle avait Justin.

Marianne espérait que Juliette avait raison et qu'il ne se passerait rien d'autre de fâcheux. Le dessin concernant son père et son frère avait été placé dans son pupitre le lundi ; c'était maintenant mercredi et il ne s'était toujours rien passé.

Cependant, Marianne ne croyait pas que cette histoire était terminée, car le chef de police n'avait encore arrêté personne.

Qu'attendait donc l'agresseur ?

Et qui serait sa prochaine victime ?

Marianne eut la réponse à ses questions le jour suivant.

Chapitre 16

La cour arrière de la maison des Laurier, comme celle de toutes les demeures faisant face au lac, donnait sur le boulevard. C'est là que se rendit Marianne le jeudi après-midi lorsqu'elle constata que Manuel était en retard de quinze minutes.

« J'aurais dû aller à l'école afin de le raccompagner à la maison. Justin est avec Juliette et papa est toujours au bureau. »

Marianne espéra que sa mère, qui épluchait des pommes de terre dans la cuisine, ne regarderait pas l'horloge. Si elle s'apercevait que son fils n'était pas encore arrivé malgré toutes les mises en garde qu'elle lui avait faites, elle s'inquiéterait.

Marianne vit le camion avant même d'apercevoir Manuel. Habituellement, ces gros véhicules ne traversaient pas la ville, préférant circuler sur l'autoroute. Mais celui-là avait dû faire une livraison au centre commercial. Il était jaune et noir, et immense. Il n'allait pas très vite, probablement à cinquante kilomètres à l'heure. Toutefois, sa seule grosseur était une menace pour un petit garçon à bicyclette.

Le camion tourna au coin d'une rue juste au moment où Manuel approchait.

« Il peut arrêter, se dit Marianne. *Il a tout le temps nécessaire. Il n'a qu'à freiner. »*

Il essaya. Marianne vit ses mains serrer le levier de frein à plusieurs reprises et les muscles de ses petits bras se contracter tandis qu'il serrait de toutes ses forces.

Rien ne se produisit. La bicyclette rouge et argentée que Manuel avait reçue de ses parents pour son dixième anniversaire ne ralentit même pas. Elle se dirigeait droit vers le mastodonte, comme attirée par un aimant.

Manuel, essayant toujours de freiner, ferma les yeux en voyant le camion avancer vers lui.

Tout sembla s'arrêter lorsque le camion et la bicyclette entrèrent en collision.

Et tandis que Marianne criait intérieurement : *« Non, non ! Pas Manuel ! »,* le corps frêle de son frère fut projeté dans les airs comme un boulet de canon. Il fit deux culbutes avant de retomber sur le sol, atterrissant sur le terre-plein au centre du boulevard.

Les gens sortirent des maisons en courant et se rassemblèrent, horrifiés, sur les lieux de l'accident. Une femme en peignoir de bain bleu se détacha de cet attroupement et se précipita chez elle pour appeler du secours. Les quelques voitures qui circulaient sur le boulevard s'immobilisèrent. Un homme en complet gris, une femme portant un blouson jaune et deux adolescents descendirent de leur voiture pour porter secours à Manuel.

Dans la cuisine, la mère de Marianne entendit le camion mettre les freins et sut instinctivement qu'il l'avait fait trop tard. Elle leva les yeux vers l'horloge. Lorsqu'elle vit l'heure et s'aperçut qu'elle n'avait pas entendu Manuel claquer la porte en rentrant, sa mâchoire se contracta et elle porta les mains à sa bouche. Elle sortit en courant et reconnut tout de suite la bicyclette de son fils sur le sol.

« Il avait le temps d'arrêter. Et il a tenté de mettre les freins, je l'ai vu. Pourquoi ne s'est-il pas arrêté ? » se demanda Marianne.

Manuel ne put lui répondre. Il était évanoui et du sang s'écoulait de son nez.

Lorsque l'ambulance eut emmené son frère, Marianne ressentit la même impression de torsion qui l'avait déchirée quand elle était entrée dans le miroir. Qu'est-ce qui arrivait à sa famille ? D'abord sa mère, puis Manuel.

Bien qu'elle voulût désespérément accompagner Manuel à l'hôpital, elle décida de rester afin d'attendre Juliette et de lui raconter ce qui s'était passé. Elle allait rentrer dans la maison quand elle aperçut Juliette, debout au coin de la rue, regardant l'ambulance s'éloigner.

— *Manuel a été blessé,* expliqua rapidement Marianne. *As-tu vu ce qui s'est passé ? Où est Justin ?*

Juliette fit un signe affirmatif.

— J'ai tout vu. Justin est à la bibliothèque. Il avait des travaux à faire. Est-ce que Manuel est gravement blessé ?

— *Je le crois. Je vais à l'hôpital. Tu ferais mieux de venir aussi.*

— Je vais téléphoner à Justin à la bibliothèque. Ça ne l'ennuiera pas de venir me reconduire quand il saura ce qui s'est passé.

Marianne approuva.

— Ta soirée d'anniversaire ne sera pas annulée, n'est-ce pas ? demanda Juliette à Marianne.

Marianne était stupéfaite.

— *Ma soirée d'anniversaire ? Juliette, Manuel pourrait mourir ! Tu ne crois tout de même pas que je pense à ma soirée d'anniversaire en ce moment ! Je me fiche qu'elle soit annulée.*

— Tu n'es pas sérieuse, protesta Juliette. Peut-être que c'est ce que tu penses maintenant parce que tu es bouleversée. Mais, crois-moi, tu le regretteras plus tard, quand Manuel ira mieux et que tu constateras que tu n'as pas célébré ton seizième anniversaire comme il se devait. Je sais ce que c'est, Marianne.

— *Juliette, je sais que tu as été très peinée de ne pouvoir fêter tes seize ans et j'en suis désolée. Mais moi, je ne vois pas les choses comme toi. Je peux donner une soirée n'importe quand, mais je n'ai qu'un frère.*

En arrivant à l'hôpital, Marianne se tint proche

de ses parents afin d'avoir des nouvelles de Manuel. Lentement, elle revit l'accident dans sa tête. La bicyclette était neuve. Les freins auraient dû fonctionner. Quelqu'un avait-il délibérément saboté le vélo de Manuel? Ou n'était-ce qu'un tragique accident?

Non. Ce n'était pas un accident. Car il y avait eu le dessin.

Qui ferait du mal à un petit enfant?

Pas Vicki. Même elle ne pourrait pas poser un geste aussi méchant.

À moins… d'être complètement folle.

Marianne observa Juliette s'asseoir à côté de sa mère. *« Ce n'est pas sa place, mais la mienne. »*

Le docteur arriva enfin et déclara que Manuel resterait à l'hôpital durant quelque temps. Il avait des fractures au bassin et à une jambe ainsi qu'une commotion cérébrale. Il venait de subir une opération et dormirait toute la nuit.

La mère de Marianne resta, mais renvoya son mari et Juliette à la maison puisqu'ils devraient la remplacer au chevet de Manuel le lendemain.

En arrivant à la maison, le père de Marianne se coucha immédiatement, tandis que Juliette écouta les messages du répondeur afin de vérifier si Justin avait téléphoné.

Il y avait des messages de Marjolaine et de Laura. Madame Durand, du salon de coiffure, avait également appelé pour informer Marianne que sa coiffeuse était malade, mais que quelqu'un d'autre pourrait la recevoir samedi, à quatorze heures.

— *Je t'ai dit d'annuler ce rendez-vous,* fit remarquer Marianne.

— J'ai complètement oublié, dit Juliette en haussant les épaules. J'appellerai demain, promis.

Juliette écouta un dernier message. La voix de Justin se fit entendre.

Marianne n'avait pas envie d'entendre Justin dire à Juliette qu'elle lui manquait, qu'il l'aimait, pas envie d'entendre tous ces mots d'amour qu'il adressait à Juliette depuis quelques jours. Toutes ces choses qu'il ne lui avait jamais dites, à elle. Elle monta, préparant mentalement un petit discours destiné à Juliette et qui mettrait fin une fois pour toutes à ce cauchemar. Juliette comprendrait sûrement : puisqu'un deuxième membre de la famille avait été blessé, Marianne devait reprendre sa place.

Toutefois, lorsque Juliette entra dans la chambre quelques minutes plus tard, elle avait une surprise pour Marianne.

— Regarde ce que j'ai !

Elle retourna le sac en jean de Marianne et tout son contenu se répandit sur le lit. Six ou sept feuilles de papier à dessin pliées et une poignée de crayons aux couleurs vives en sortirent.

Marianne mit quelques secondes à comprendre.

— *Qu'est-ce que c'est ? Où as-tu trouvé ça ?*
Juliette sourit.

— Dans le casier de Dany Richard.

— *Dany ? Tu as forcé son casier ? Juliette... et si quelqu'un t'avait vue ? Dany, par exemple ? S'il est bel et bien celui qui a comploté toute cette histoire et qu'il t'a vue...*

— Marianne, je l'ai fait comme si j'étais *moi*.

— *Toi ? Qu'est-ce que tu veux dire ?*

— Marianne, je suis toujours moi. Je te l'ai déjà dit. Je peux quitter mon corps si c'est nécessaire. Et ça l'était. Il n'y avait pas d'autre façon de voir ce que Dany cachait dans son casier.

— *Tu peux partir ? Où était mon corps pendant que tu fouillais le casier de Dany ?*

Juliette rit.

— Endormi à la bibliothèque, la tête reposée sur une table.

« *Elle peut partir, comme ça ? Quand elle le veut ?* »

— Écoute, ça n'a plus d'importance, dit Juliette.

Elle rassembla les feuilles de papier et les crayons.

— Je vais apporter tout ça au chef de police demain. Si Dany est arrêté, tout redeviendra comme avant. Et alors, ajouta-t-elle gaiement, tes parents n'annuleront pas ta soirée d'anniversaire. Surtout que Manuel va déjà mieux.

— *Juliette, je...*

— Ne me remercie pas, Marianne. Je te dois tant !

Elle enfouit les feuilles de papier et les crayons dans le sac en jean.

— Maintenant, je vais avaler une bouchée. Je meurs de faim. Bonne nuit, Marianne.

Elle quitta la pièce d'un pas léger et heureux.

« Je devrais être heureuse aussi. Ce que Juliette a trouvé aujourd'hui, n'est-ce pas la clé de l'énigme ? Si le chef de police arrête Dany demain, je n'aurai plus à avoir peur que quelque chose arrive à Juliette avant samedi soir, minuit. Je serai toujours ici, dans ce terrible endroit, mais seulement pour deux jours encore. »

Pourtant, elle n'était pas soulagée. Pas du tout.

Chapitre 17

Lorsque Marianne revint dans la maison le lendemain matin après une longue promenade sur le lac, Juliette était déjà partie.

« Elle a dû partir plus tôt afin d'aller parler au chef de police. »

La chambre était tout en désordre. Il y avait des vêtements partout et la porte de la garde-robe était ouverte. À l'intérieur, quelque chose de noir et rose attira l'attention de Marianne.

Celle-ci s'approcha de la garde-robe. Une robe noire courte sans bretelles à large ceinture rose y était suspendue. Ce n'était pas le genre de robe qu'on portait pour aller à la pizzeria, au centre commercial ni au cinéma. Il s'agissait bel et bien d'une robe de soirée.

Qu'est-ce qu'elle faisait là ?

« Je ne porterais jamais une telle robe. Elle est trop chic. Elle conviendrait mieux à Juliette. »

Mais Juliette ne serait pas à la soirée d'anniversaire. Pourquoi donc avait-elle besoin de cette robe ?

Avait-elle rendez-vous avec Justin dans un endroit chic ?

Si c'était le cas, il devait y avoir plusieurs jours que c'était planifié, car Justin n'aurait jamais suggéré une telle sortie pendant que Manuel était à l'hôpital. En fait, Justin avait peut-être tout annulé en apprenant que Manuel était blessé. Juliette devrait rapporter la robe au magasin.

Marianne passa la journée à l'hôpital. Manuel allait mieux. Il ne parlait pas beaucoup et était encore pâle, mais il avait repris connaissance. À la fin de l'après-midi, il s'en faisait déjà plus pour sa bicyclette endommagée que pour ses propres blessures.

Marianne, pourtant, se sentait à bout de forces. Si le chef de police n'arrêtait pas Dany Richard, son père pourrait être la prochaine victime.

Espérant entendre de bonnes nouvelles, Marianne se rendit à l'école à la fin de la journée afin d'en savoir plus long sur la visite de Juliette au poste de police.

La première personne qu'elle vit sortir de la polyvalente fut Dany Richard, sans menottes aux poignets. En fait, il avait l'air d'un simple adolescent qui rentrait chez lui après les cours. Il n'y avait rien de sinistre chez lui.

Marianne était amèrement déçue. Pourquoi ne l'avait-on pas arrêté ? Le doute se mêla bientôt à sa déception. Dany Richard n'avait vraiment rien d'un assassin. Pourtant, Juliette avait trouvé des preuves dans son casier.

Inquiète, Marianne continua à chercher Juliette, mais en vain. Elle décida donc de rentrer à la maison.

Il n'y avait personne.

Où était Juliette? Tout se mit à tourner dans l'univers vide et froid de Marianne. Quelque chose de terrible avait dû arriver à Juliette, l'empêchant d'aller voir le chef de police. Voilà pourquoi elle n'était ni à l'école, ni à la maison.

« Si Juliette est blessée ou... morte, qu'est-ce qui m'arrivera? Oh! mon Dieu! Ne me laissez pas ici pour toujours! Je vous en prie! Redonnez-moi ma vie! »

Juliette s'était peut-être rendue directement à l'hôpital après les cours. Marianne s'y précipita.

« Il faut que tu sois là, Juliette! Il le faut! »

Elle n'y était pas.

Mais le chef de police, lui, s'y trouvait.

En l'apercevant, Marianne fut terrifiée. Était-il venu apprendre à ses parents que le corps de leur fille avait été retrouvé quelque part dans un champ?

« Je ne serai plus jamais moi. Cet univers vide et affreux est tout ce qu'il me reste, car Juliette est partie et je ne peux refaire l'échange. »

— Il paraît que les freins n'ont pas fonctionné? demanda le chef de police à Manuel.

Il était là pour discuter de l'accident de Manuel et non de Juliette. Il y avait donc encore de l'espoir.

Manuel fit un signe affirmatif.

— Est-ce que ma bicyclette est très endommagée ? demanda-t-il. Elle est presque neuve, vous savez. Maman dit que vous l'avez apportée pour l'inspecter.

Le chef de police sourit.

— Nous l'avons confiée au meilleur réparateur de vélos de la ville. Elle sera prête dans quelques jours.

— Ouais, grogna Manuel, mais elle ne sera plus jamais comme avant. Sacré camion !

Lorsque le chef de police demanda aux parents de Marianne de le suivre dans le couloir, Marianne les accompagna.

— Allez donc savoir, dit le chef de police en secouant la tête. Le conducteur du camion prétend qu'il a essayé de s'immobiliser, mais sans succès, comme votre fils. Nous enquêtons, mais je ne crois pas que nous en apprendrons beaucoup. Pas de pistes ni d'indices.

Le vieux chef de police secoua de nouveau la tête.

— Il y a trente ou quarante ans, lorsque ta mère était jeune, Marguerite, et que leur maison était la seule sur le bord du lac, Marthe me disait qu'ils ne verrouillaient jamais les portes. Même pas la nuit. Il n'y avait aucun risque.

Il poussa un long soupir.

— Les temps ont changé, dit-il avant de s'éloigner.

Pas un mot à propos des dessins ni des crayons.

Pourquoi Juliette avait-elle décidé de ne pas lui en parler ? Et où était-elle donc ?

Marianne la trouva à la maison. Elle ressentit un immense soulagement en entrant dans la chambre.

— *Juliette, où étais-tu ? Je t'ai cherchée partout.*

— Justin et moi sommes allés faire une promenade.

— *Une promenade ? Tu savais que j'avais hâte de savoir comment le chef de police avait réagi. J'ai cru que quelque chose de terrible s'était passé. Tu aurais dû aller à l'hôpital après les cours. Mes parents ont besoin de soutien.*

— J'y suis allée très tôt ce matin. Manuel allait vraiment mieux et j'ai décidé de rentrer afin de me reposer avant mon rendez-vous avec Justin ce soir. Nous devions dîner dans un restaurant chic de la ville.

Cela expliquait tout à propos de la robe noire.

— Mais Justin a jugé bon d'annuler parce que Manuel est hospitalisé. Nous irons donc à l'hôpital, où je pourrai voir Manuel et Mylène, puis chez Justin, où Laura, Barbara et Marjolaine doivent nous rejoindre. Ce sera amusant.

— *Juliette, as-tu parlé au chef de police ? Qu'a-t-il dit ?*

— Oh ! Marianne, je me suis précipitée au poste de police en me levant sans même prendre le temps d'avaler mon déjeuner, mais il n'était pas là. Si j'avais attendu son retour, je serais arrivée en retard à l'école. Et comme tu m'avais prévenue de ne plus manquer de cours… J'y suis retournée de nouveau en sortant de l'école, mais il était toujours absent.

— *Juliette! Il ne s'agit pas seulement d'une simple histoire de vol à l'étalage! Mes amies et ma famille ont failli être tuées! Ça ne peut plus attendre! Tu… je… nous sommes toujours en danger! Quelque chose pourrait t'arriver d'un instant à l'autre et je disparaîtrais. Tu l'as dit toi-même.*

— Marianne, réfléchis. Manuel est à l'hôpital et tes parents resteront à la maison ce soir. Ils me l'ont dit. Quant à moi, je serai chez Justin. Rien ne se produira ce soir. J'irai voir le chef de police demain matin, c'est promis. Au fait, Marianne, si cela peut te rendre ta bonne humeur, ta soirée d'anniversaire aura lieu.

— *C'est vrai?* demanda Marianne, étonnée.

— Oui. N'est-ce pas merveilleux? Ta mère a dit qu'elle voulait que tous sachent que les Laurier ne se laisseraient pas intimider. Elle a ajouté que ça ferait du bien à tout le monde de s'amuser un peu. De toute façon, Manuel sera à l'hôpital et dormira lorsque la soirée commencera.

— *Je n'arrive toujours pas à le croire*, fit Marianne.

Elle demeura silencieuse durant quelques secondes tandis que Juliette fouillait dans la garde-robe, cherchant ce qu'elle allait porter.

— *Juliette, d'où vient cette robe ? Tu sais, la noire et rose ?*

— Oh ! Marianne ! s'écria Juliette. Tu mets ton nez partout ! J'ai acheté cette robe pour te faire une surprise, mais tu as tout gâché.

— *J'ai déjà une robe. Je n'ai pas besoin de celle-là.*

— Marianne, commença Juliette d'un ton ferme, après tout le mal que je me suis donné avec Justin, il n'est pas question que tu gâches tout en portant une tenue aussi sage que ta robe bleu-vert.

— *Lorsque tu étais dans le miroir, tu m'as dit qu'elle était jolie.*

Juliette haussa les épaules et se mit à chercher une paire de souliers.

— Elle est jolie, Marianne, mais pas vraiment… intéressante.

Intéressante ? Elle voulait plutôt dire aguichante.

— *Juliette, je ne porterai pas la robe noire à ma soirée d'anniversaire. Je mettrai celle que j'ai choisie. Tu peux donc rapporter cette robe au magasin dès demain.*

— Bon, très bien. Mais je crois qu'elle est superbe et que toi, tu es cinglée.

« *C'est difficile de croire que ma grand-mère et elle ont été amies,* pensa Marianne. *Elles sont si différentes.* »

Tandis que Juliette enfilait une jupe blanche et un pull à manches courtes bleu royal, Marianne se souvint de ce qu'avait dit le chef de police à propos de la maison de sa grand-mère; quarante ans auparavant, elle était la seule demeure sur le bord du lac. Alors, où Juliette avait-elle habité?

— *Juliette, où demeurais-tu quand tu étais de ce monde? Était-ce sur cette rue?*

Avant que Juliette n'ait pu répondre, la sonnerie du téléphone retentit.

— Oh! Salut Laura, dit Juliette après avoir décroché. Tu viens chez Justin ce soir, n'est-ce pas? La seule raison pour laquelle mes parents me laissent sortir, c'est que je serai entourée de plusieurs personnes dont deux, les parents de Justin, sont des adultes.

Elle fit la moue.

— Je suppose que c'est mieux que rien.

Marianne, elle, se serait facilement contentée d'une soirée chez Justin. Elle avait tellement hâte d'être de retour dans le monde, dans *son* monde. Plus qu'une nuit et un jour…

Marianne ne rappela pas à Juliette que c'était sa dernière sortie. Pourquoi gâcher sa soirée?

En entendant ses parents arriver, Marianne descendit afin d'avoir des nouvelles de son frère. Juliette en avait sûrement pour longtemps au téléphone.

D'après ce que disaient ses parents, Manuel allait beaucoup mieux. Sa mère, toutefois, avait l'intention de retourner à l'hôpital après avoir pris une douche.

L'idée que son père serait seul à la maison rendit Marianne encore plus anxieuse.

« *Je ne peux pas surveiller papa et Juliette en même temps. Pourquoi Juliette n'inviterait-elle pas tout le monde ici ? Elle sait que je suis inquiète à propos du dernier dessin.* »

Marianne se précipita dans l'escalier afin de demander à Juliette d'inviter tout le monde à la maison. Ainsi, son père ne serait pas seul.

Mais il était trop tard. La chambre était vide. Juliette était partie.

Chapitre 18

Marianne passa la soirée à la maison à réfléchir.

Encore une journée... et elle serait de nouveau elle-même. Dieu merci, rien n'était arrivé à Juliette jusqu'à maintenant. C'était un miracle, en fait, qu'elle soit toujours en vie. À la même heure, le lendemain, le cauchemar prendrait fin et ne serait plus qu'un horrible souvenir. Si seulement le chef de police pouvait arrêter Dany.

Lasse d'attendre Juliette, Marianne sortit, s'assurant d'abord que son père était bien endormi, et erra au-dessus du lac.

« C'est la dernière fois que je peux faire une telle chose, mais ça ne me manquera pas. Je ne suis pas un oiseau ou une chauve-souris et je ne devrais pas être ici, surtout quand tout va mal chez moi. »

Il était très tard lorsqu'elle rentra à la maison. Juliette était couchée et semblait dormir. Ses vêtements étaient empilés sur le sol, près du lit.

Marianne était déçue. Et étonnée. Elle n'avait

pas cru que Juliette parviendrait à dormir, sachant qu'il ne lui restait plus qu'un jour. *« Si c'était moi, je marcherais sur le bord du lac jusqu'à l'aube, avec Justin, peut-être, et j'attendrais le lever du soleil, profitant de chaque minute. Je pense peut-être comme ça parce que j'ai tellement peur de ne plus jamais pouvoir refaire ces choses. Comme si quelque chose allait m'en empêcher. »*

Lorsque le jour se leva enfin, Marianne était à la fois anxieuse et soulagée. C'était presque terminé. Presque.

Juliette alla voir le chef de police comme promis et Marianne l'accompagna. Il n'était pas là. Son adjoint dit qu'il serait de retour vers midi. Il fallait donc attendre.

Lorsqu'elles rentrèrent à la maison après avoir fait quelques courses, elles trouvèrent le père de Marianne grimpé sur une échelle sur la terrasse en pierre. Il s'affairait à accrocher des lumières aux couleurs vives dans les arbres, sur le bord du lac.

Puisque Juliette ne courait aucun danger dans la maison, Marianne décida de garder un œil sur son père. Lorsque celui-ci descendit de l'échelle pour aller se chercher un verre d'eau à la cuisine, elle le suivit. Juliette n'était pas dans la cuisine ni dans le salon. Était-elle repartie ?

Inquiète, Marianne monta dans sa chambre.

Juliette était étendue sur le lit, les yeux fermés, les jambes droites et les bras de chaque côté de son corps. Elle portait un peignoir blanc. Les stores étaient baissés et la pièce n'était éclairée que par une petite chandelle posée sur la table de nuit.

Juliette était parfaitement immobile. Pas un doigt, pas un muscle, pas un cil ne tressaillait. Sa peau semblait lisse et cirée, comme le visage des mannequins dans les magasins à rayons.

Soudain, un cri se fit entendre sur la terrasse. Un bruit de verre brisé suivit. Puis, le silence.

Juliette se redressa, tout à fait réveillée, et bondit hors du lit.

— Qu'est-ce que c'était ?

Marianne se précipita sur la terrasse, Juliette sur ses talons.

L'échelle avait basculé dans la fenêtre panoramique que le père de Marianne avait installée il y avait moins d'un mois. Monsieur Laurier était étendu sur le dos au milieu des éclats de verre. Une plaie sur sa joue saignait abondamment ; ses mains et ses pieds nus — il ne portait que des sandales — étaient maculés de sang. Toutefois, il était conscient et semblait plus confus que souffrant.

— Papa, le réprimanda Juliette en courant vers lui, tu ne devrais pas monter dans une échelle en sandales. C'est dangereux.

Le père de Marianne se releva lentement.

— Mais… ce n'est pas ma faute. L'échelle a soudain… basculé.

Marianne, songeuse, observait maintenant Juliette qui désinfectait les plaies de son père. Elle ne pouvait s'empêcher d'avoir le pressentiment que quelque chose d'étrange se passait. Juliette dormait-elle vraiment quand l'échelle était tombée ? Elle n'en avait pas l'air. Les personnes qui dorment paraissent détendues.

Juliette, cependant, était aussi raide qu'un morceau de bois. Comme… une statue. Comme… s'il n'y avait personne dans son corps.

« Elle a dit qu'elle pouvait quitter mon corps n'importe quand. Elle l'a déjà fait pour aller fouiller le casier de Dany. Que faisait-elle, cette fois, au moment où l'échelle a basculé ? Où était-elle ? Très loin d'ici ou… en bas, sur la terrasse ? »

Le doute s'empara de Marianne. N'était-ce pas une étrange coïncidence que l'échelle soit tombée à l'instant même où Juliette ne semblait plus habiter le corps de Marianne ?

C'était ridicule. Juliette n'avait aucune raison de vouloir du mal au père de Marianne.

Pourtant, le doute la tourmentait toujours.

« Juliette n'a jamais craint que quelque chose ne lui arrive. Je croyais que c'était parce qu'elle ne pouvait être blessée physiquement. Elle était déjà morte et n'avait donc plus rien à perdre. »

Mais une autre pensée surgit dans son esprit.

« Elle peut quitter mon corps quand elle le veut. Elle peut aller n'importe où sans laisser de traces ni d'empreintes. Personne ne peut la voir ni l'entendre. Il ne pourrait y avoir aucun témoin puisque Juliette est invisible. »

Marianne songea au soir où s'était produit l'accident de sa mère. Juliette était dans la salle de séjour et visionnait un film avec Justin. Mais Marianne savait très bien que Justin, quand il regardait un film, était complètement absorbé par l'intrigue. À plusieurs reprises, en regardant un film avec lui, dans le passé, Marianne s'était levée pour aller chercher du maïs soufflé et des boissons gazeuses sans qu'il ne s'en aperçoive. Si Juliette avait quitté le corps de Marianne durant une minute pour aller pousser madame Laurier dans le lac, il ne se serait jamais rendu compte que la fille qui se trouvait à ses côtés était aussi immobile qu'une poupée.

En fait, Juliette savait depuis le début qu'il ne lui arriverait rien parce que c'était *elle* qui commettait les crimes. « *Réfléchis, Marianne. C'est possible, non ?* »

Non ! Juliette ne pouvait pas avoir fait ces choses. C'était impossible. Elle avait attendu cette semaine trop longtemps. Elle n'aurait jamais gaspillé sept précieuses journées à poser de tels gestes.

« *Mais regarde-la, Marianne ! A-t-elle l'air de quelqu'un qui n'a plus que quelques heures devant elle ? Est-elle nerveuse ? Déprimée ? Y a-t-il de la terreur dans ses yeux ?* »

« *Non, pas du tout. Juliette est aussi calme et paisible que le lac durant la nuit.* »

Juliette finit de panser les plaies du père de

Marianne et, le mettant en garde contre les échelles, monta à sa chambre d'un pas léger.

La robe. La robe noire à ceinture rose. Le rendez-vous au salon de coiffure.

Ils n'étaient pas destinés à Marianne, mais plutôt à Juliette.

Car celle-ci n'avait jamais eu l'intention de se contenter d'une petite semaine.

Elle allait garder le corps de Marianne.

Juliette aurait sa soirée d'anniversaire, après tout.

Elle avait menti ! Depuis le début…

Marianne grimpa l'escalier et entra dans la chambre.

Pourquoi ? Pourquoi Juliette avait-elle posé des gestes si ignobles ? Elle avait paru si triste, si gentille dans le miroir.

Juliette leva les yeux en sentant Marianne pénétrer dans la pièce. Les stores étaient toujours baissés et la chandelle, encore allumée.

— Tu sais tout, n'est-ce pas ? demanda-t-elle calmement. Tu as deviné.

— *Oui. Mais je ne comprends pas.*

— Tu veux savoir pourquoi ? C'est pour ça que tu es là ?

— *Oui.*

Juliette s'assit sur le lit.

— Alors je vais te le dire.

Marianne attendit.

— C'est à cause de Marthe.

— Marthe ? Ma grand-mère ?
Juliette acquiesça.
De nouveau, Marianne attendit.
— Elle était ma demi-sœur.

Chapitre 19

Il y eut un long silence avant que Marianne n'arrive à parler.

— *Ce n'est pas vrai,* dit-elle lentement. *Ma grand-mère n'avait qu'une demi-sœur. Elle s'appelait Julie.*

— Julie ! répéta Juliette avec dédain. Ma belle-mère — ton arrière-grand-mère — prétendait que mon nom faisait trop snob. Elle a ordonné à tout le monde de m'appeler Julie. Quel nom affreux ! Mais mon père a insisté pour que je respecte la volonté de ma belle-mère.

— *Je ne te crois pas.*

— J'avais quinze ans quand mon père a épousé Lily Lanthier.

Juliette fit la moue.

— Je l'ai détestée tout de suite. Et j'ai détesté Marthe encore plus. Elle et ses stupides frères !

— *Pourquoi la haïssais-tu ?* murmura Marianne.

— Parce que nous n'avions pas besoin d'eux.

J'avais dit à mon père, lorsque ma mère est morte, que je m'occuperais de lui.

La voix de Juliette devint soudain plus joyeuse.

— Ce fut merveilleux durant un moment. J'avais de superbes robes et tout le monde me traitait en adulte. Puis…

Sa voix se durcit.

— Nous sommes venus en vacances ici et il a rencontré cette horrible Lily. Nous sommes déménagés dans cette affreuse maison et tout a changé.

— *Voilà pourquoi tu ne m'as jamais dit où tu vivais,* dit Marianne, secouée. *Tu habitais cette maison!*

— Je détestais cette maison. Une maison de campagne, ennuyeuse et terne. J'avais l'habitude de la vie en ville. Personne ici ne connaissait les musées, les galeries d'art ni le théâtre. Au lieu de recevoir à dîner, on faisait des pique-niques !

— *J'ai vu des photos de mon arrière-grand-mère. Elle était très jolie.*

Juliette devint agitée.

— Elle n'avait pas d'orgueil et courait après mon père. Une veuve avec trois enfants à nourrir… Elle savait repérer les bons partis. J'ai tenté de faire comprendre à mon père qu'elle ne voulait que son argent, mais il ne m'a pas écoutée.

— *Il devait l'aimer vraiment.*

— Aimer ? Aimer ? s'écria Juliette.

Ses traits se durcirent.

— Nous n'avions pas besoin d'elle ni de ses stupides enfants. Mais il l'a épousée et nous sommes déménagés dans cette maison hideuse près de cet épouvantable lac.

Elle adopta un ton amer.

— Par la suite, il n'a plus eu de temps à me consacrer.

— *Personne n'a jamais parlé de cette époque*, murmura Marianne, stupéfaite. *Je savais que tu étais morte, mais j'ignorais comment et pourquoi. Personne ne l'a jamais dit.*

— Bien sûr que non! Si tu avais tué quelqu'un, est-ce que ta famille s'en vanterait?

Marianne eut le souffle coupé.

— *Tué? Tu as dit que tu étais morte dans un accident de bateau!*

— Ce n'est pas l'accident qui m'a tuée! cria Juliette. Notre embarcation a heurté un rocher et nous sommes tombées à l'eau toutes les deux.

— *Nous?*

— Marthe et moi. J'ai perdu connaissance, mais pas elle. Elle n'était pas blessée du tout. Elle aurait pu me sauver, mais elle ne l'a pas fait. Ta gentille grand-maman, continua Juliette d'un ton haineux, s'est accrochée au bateau et m'a regardée couler comme une pierre et me noyer.

— *Elle n'aurait pas fait ça... Jamais.*

Juliette se leva brusquement et se mit à arpenter la pièce. Elle ne ressemblait plus à Marianne. Son teint était d'un blanc sale et sa bouche, déformée par la colère. Quelques mèches de cheveux balayaient ses joues.

Marianne l'observait, incrédule. Comment allait-elle venir à bout de cette créature qui n'avait plus rien d'humain ? Car c'était évident maintenant : il lui faudrait se battre pour récupérer sa vie.

Mais comment ?

— *Tu ne peux pas garder ma vie, Juliette. Je ne te laisserai pas faire.*

— *Elle* m'a volé ma vie ! hurla Juliette. Elle me détestait autant que moi je la détestais. Je ne serais jamais allée en bateau avec elle si mon père n'avait pas insisté. Il disait que c'était ma faute si elle était seule ; il prétendait que je lui avais pris tous ses amis.

— *Je crois que c'est vrai,* dit Marianne doucement. *Je pense que tu l'as blessée parce que tu étais jalouse lorsque ton père a fondé une nouvelle famille.*

— Je me fiche de ce que *tu* penses ! Je haïssais Marthe parce qu'elle a éloigné mon père de moi. Et je le lui ai dit lorsque nous étions en bateau, là où mon père ne pouvait pas nous entendre.

— *Vous vous êtes querellées ?*

— Je lui ai dit que je la détestais. Marthe m'a dit des choses ignobles. J'ai ordonné qu'elle fasse demi-tour. Elle a refusé. J'ai tenté de m'emparer des rames, mais elle a résisté. Puis, nous avons heurté un rocher.

Juliette s'approcha de la fenêtre.

— Et Marthe m'a laissée me noyer.

— *Je ne crois pas. Je pense qu'elle a tenté de te sauver. Tu ne peux pas le savoir car tu étais sans connaissance. Tu la détestais tant que tu ne veux pas croire qu'elle a essayé.*

— C'est *elle* qui aurait dû mourir ! J'étais la plus belle et la plus populaire. Pourtant, c'est Marthe l'ennuyeuse avec ses livres, son piano et ses oiseaux qui a survécu !

Puis, avant que Marianne n'ait pu prononcer un mot, Juliette arrêta de faire les cent pas et fit face à la psyché.

— Mais tout va bien, maintenant. Je me venge enfin. Tu as pu constater que je suis capable de blesser les gens, comme Marthe l'a fait avec moi. Ta mère n'a jamais su ce qui lui était arrivé. Marjolaine non plus.

— *C'est toi qui as fait ça ? Tout ?*

— L'accident d'auto, la bicyclette de Manuel, l'échelle de ton père. Même les dessins. J'ai tout fait. Et avec quel plaisir !

— *Mais pourquoi nous ?* demanda Marianne. *Mes amies et ma famille ne t'ont jamais rien fait. Mylène, Barbara et Marjolaine ne savent même pas que tu as déjà existé. Pourquoi avoir essayé de les tuer ?*

— Parce que *tu* tiens à elles. Et Marthe tenait à *toi*. Je n'ai jamais eu la chance de lui faire payer ce qu'elle m'avait fait. Jusqu'au moment où tu as emménagé ici. Je savais qu'elle t'aimait et que je pourrais me venger grâce à toi, à ta famille et à tes amies.

— *Nous ne t'avons jamais rien fait!* s'écria Marianne, furieuse.

— J'ai rendu justice, c'est tout. Ta grand-mère t'aimait. Alors je l'ai punie en te faisant du mal.

— *Tu m'as fait croire que c'était Dany. Ou Vicki. Et ils n'avaient pourtant rien fait. C'était toi.*

— Ces gens ne comptent pas. Mais maintenant, c'est toi qui vas prendre ma place dans *mon* monde tandis que je prendrai la tienne. Pour toujours.

Elle sourit d'un air vague.

— Tu sais, Marianne, c'est incroyable à quel point tu lui ressembles.

Elle éclata d'un rire dément qui résonna dans la pièce.

— N'est-ce pas amusant? Je vais passer le reste de ma vie à ressembler à la personne que je haïs le plus. Est-ce que tu ris aussi, Marianne? Tu ne trouves pas ça drôle?

Figée, Marianne entendit la porte de derrière claquer. Son père allait rejoindre son épouse au chevet de Manuel.

— Maintenant, dit Juliette, je dois me préparer. Je vais retrouver Justin.

Son visage avait retrouvé la douceur des traits de Marianne et sa voix s'était calmée.

— Tu as compris que la seule raison pour

laquelle Justin a été épargné est que je le veux pour moi toute seule, n'est-ce pas ? Je vais prendre soin de lui, je te le promets.

Marianne, ébranlée, observait Juliette qui se choisissait des vêtements.

— *Je suis Marianne et je veux être moi de nouveau*, prononça-t-elle d'une voix chevrotante.

Rien ne se produisit.

Elle répéta la phrase plus fort.

— *Je suis Marianne et je veux être moi de nouveau !*

Toujours rien.

— Oublie ça, dit Juliette calmement. J'ai omis un détail important quand tu as accepté de faire l'échange. Tu te souviens, je t'ai dit que ton consentement était nécessaire pour pouvoir faire l'échange. Eh bien ! Le mien l'est également. C'est équitable, n'est-ce pas ?

Elle tenait une jupe de cuir rouge devant elle.

— D'après toi, quelles sont les chances que tu obtiennes mon consentement avant minuit ce soir ?

— *Juliette, tu ne peux pas faire ça !* hurla Marianne. *Tu dois me redonner ma vie. Tu ne peux pas la garder !*

— C'est ce qu'on va voir !

Bouleversée, Marianne regarda Juliette qui se tenait devant le miroir.

— *Juliette, tu as eu une semaine. Je te l'ai donnée. Tu ne peux pas me voler le reste de ma vie.*

— Oh si ! je le peux. Et je le ferai.

Juliette se dirigea vers la porte.

— À bientôt, Marianne, dit-elle d'un ton joyeux.

Puis, elle s'arrêta et se toucha la joue.

— Mais qu'est-ce que je raconte ? Je ne te reverrai plus, n'est-ce pas ? À minuit, tu disparaîtras.

— *Je ne pars pas, Juliette,* protesta Marianne. *Je n'abandonne pas. Je vais récupérer ce qui m'appartient avant minuit ce soir.*

Juliette eut un rire méprisant.

— N'essaie pas de me faire peur, Marianne. Je suis trop forte pour toi. À minuit, l'horloge de la salle de séjour sonnera douze coups et tu t'envoleras en fumée. Pour toujours.

Elle sourit.

— Je préfère que ce soit toi !

— *Juliette, attends ! Je t'en prie, tu ne peux...*

— C'est un peu comme l'histoire de Cendrillon, ajouta Juliette en ouvrant la porte. Sauf qu'il n'y a pas de citrouille. Et tu te transformeras en... rien. Rien du tout !

— *Comment peux-tu être si cruelle ?* hurla Marianne. *Je te déteste !*

Le sourire s'effaça sur le visage de Juliette. Son regard devint froid.

— Ce n'est pas moi que tu devrais haïr, Marianne. Tu devrais plutôt maudire le jour où Marthe Lanthier est venue au monde. Comme je le fais depuis quarante-cinq ans.

* * *

Seul dans sa chambre, Justin pensait à Marianne. Il était probablement idiot de se plaindre de la transformation de Marianne. La plupart des garçons auraient été heureux de voir leur petite amie devenir plus enthousiaste, plus affectueuse et passer plus de temps avec eux.

Pourtant, l'*ancienne* Marianne lui manquait. Celle à qui il pouvait parler de tout et qui comprenait toujours. Celle qui ne flirtait jamais avec d'autres garçons et qui était gentille avec son entourage et sa famille.

Qu'était devenue cette Marianne ? Marjolaine prétendait que c'était le fait d'avoir bientôt seize ans qui l'avait transformée.

Soudain, Justin se rappela une parole que Marianne avait prononcée quelques jours auparavant. Ou était-ce la semaine précédente ? Qu'avait-elle dit exactement ? «Quelque chose de bizarre se passe chez moi.» Elle avait aussi parlé de la mort. Si seulement Justin parvenait à se souvenir de ce qu'elle avait dit. Il comprendrait peut-être pourquoi elle avait tant changé et pourquoi toutes ces choses horribles étaient arrivées aux membres de sa famille.

Pourquoi ne l'avait-il pas écoutée ?

Justin se redressa tout à coup. Les amies intimes de Marianne, sa mère et son frère avaient tous été blessés. Pourquoi ne s'était-il pas rendu compte qu'elle pouvait être la prochaine victime ?

Il bondit sur ses pieds et sortit de sa chambre en courant.

* * *

Même si elle était sous le choc, Marianne avait conscience du temps qui s'écoulait.

La seule chose dont elle était certaine, c'était de vouloir récupérer sa vie. Juliette ne pouvait la garder. Marianne avait bien l'intention de la lui reprendre.

Mais comment ?

Juliette avait dit que son consentement était nécessaire pour que l'échange puisse se faire. Comment l'obtiendrait-elle ? Marianne essaya désespérément de se concentrer, mais elle était terrorisée.

« Réfléchis, Marianne ! Il doit exister un moyen ! »

Juliette ne céderait sûrement pas par générosité. Il faudrait la contraindre en lui faisant peur. Mais que craignait donc Juliette ? Soudain, Marianne se souvint de la scène au bar laitier lorsque Justin avait proposé de faire un tour en bateau.

Le lac. Juliette avait une peur bleue du lac.

Au point de vouloir quitter volontairement le corps de Marianne pour échapper à l'eau ?

Et comment réussirait-elle à entraîner Juliette sur le lac ?

« Elle ne voudra jamais y aller si je le lui demande. »

Par contre, elle accepterait peut-être d'accompagner quelqu'un qu'elle aime et en qui elle a confiance. Justin, par exemple…

« *Mais pourrai-je communiquer avec Justin ? Juliette ne m'a jamais laissé entendre que c'était possible. Cependant… nous avons tous les deux l'esprit large et nous sommes de si bons amis… Ça vaut la peine d'essayer. Si seulement j'arrive à le trouver avant Juliette.* »

Marianne partit à la recherche de Justin.

*   *   *

Justin mit dix minutes à se rendre chez les Laurier. Personne ne vint ouvrir quand il sonna à la porte. Ils étaient probablement tous allés voir Manuel à l'hôpital.

Il était tard. Ils rentreraient bientôt. Justin décida d'attendre. Il fallait absolument qu'il parle à Marianne.

Il descendit au bord du lac et s'assit sur le quai en attendant Marianne.

Chapitre 20

Marianne trouva Justin assis sur le quai derrière chez elle. Le vent était tombé et il n'y avait aucun bateau sur le lac. Tout était calme et paisible.

Et si Justin ne l'entendait pas ?

Elle serait perdue. À minuit, elle disparaîtrait pour toujours.

« Il faut qu'il m'entende. Il le faut ! Oh ! je t'en prie, Justin ! Entends-moi ! »

— *Justin, c'est Marianne. Est-ce que tu m'entends ?*

Justin ne bougea pas. Il balançait ses longues jambes au bout du quai et agitait une branche d'arbre cassée dans l'eau. Rien ne laissait croire qu'il avait entendu Marianne.

— *Justin, je t'en prie ! C'est important. Je suis ici. Écoute-moi !*

Justin leva les yeux, puis hocha la tête. Mais il ne dit rien.

— *Je n'y arriverai pas sans ton aide. Il faut que tu m'entendes, Justin. C'est moi, Marianne.*

Cette fois, Justin regarda autour de lui. Bien qu'il ne vît rien d'autre que l'eau et l'obscurité, il sentit quelque chose. Marianne était tout près. Il le savait.

— Marianne ? dit-il d'un ton hésitant. Où es-tu ?

Une chaleur envahit Marianne. Justin avait senti sa présence. Il y avait de l'espoir.

— *Oui, Justin, c'est moi. Je sais que tu ne peux pas me voir, mais je suis là. Tout ce que je te demande, c'est de m'écouter. Tu veux bien, Justin ?*

— Si tu te caches, tu ferais mieux de te montrer, dit-il. Je n'ai pas envie de jouer.

— *Je ne me cache pas, Justin. Je te le jure.*

Justin se leva.

— Tu n'es plus la même, Marianne. Celle que je connaissais si bien me manque.

— *Tu me connais toujours, Justin. Sinon, tu ne pourrais pas m'entendre.*

— C'est si étrange, Marianne. Je sais que tu es là, je le sens.

Justin promena son regard sur le quai.

— Mais je ne te vois nulle part.

Par une fenêtre ouverte, Marianne entendit le carillon de l'horloge de la salle de séjour indiquant qu'il était vingt-trois heures quinze. Il lui restait exactement quarante-cinq minutes pour tout expliquer à Justin et le convaincre de l'aider à se débarrasser de Juliette.

— *Je ne me cache pas, Justin. Je dois te dire*

quelque chose. Tu auras beaucoup de mal à me croire, mais tu dois me faire confiance. Ma vie en dépend. Et tu sais que jamais je ne te mentirais.

— Marianne, commença lentement Justin, est-ce que cela a quelque chose à voir avec ce que tu essayais de me dire la semaine dernière ? À propos de choses étranges qui se passaient chez toi…

— *Oui, Justin.*

— Je regrette de ne pas t'avoir écoutée, dit Justin en s'assoyant de nouveau sur le quai. Mais je suis prêt à le faire maintenant. J'espère qu'il n'est pas trop tard.

— *Et moi donc !*

Et elle entreprit de tout lui raconter.

— *Tu ne peux pas me voir, Justin, parce que… j'ai fait un échange avec un… avec quelqu'un qui est mort… il y a très longtemps.*

— Quoi ?

— *Je sais que ça paraît incroyable, Justin, mais écoute-moi.*

— Tu as changé de place avec un… fantôme ? C'est ça que tu essaies de me dire ? Marianne, allez ! Cesse de faire l'idiote. Je ne suis pas d'humeur à plaisanter.

L'incrédulité dans la voix de Justin la glaça.

Mais elle devait continuer.

— *C'est la vérité, Justin. Elle se nomme Juliette. Elle était la demi-sœur de ma grand-mère. Elle est apparue la semaine dernière dans le vieux miroir de ma chambre et m'a demandé de changer de vie avec elle pour une semaine. Au début, j'ai refusé. J'étais terrifiée. Mais elle a continué à me supplier. Je l'ai prise en pitié.*

— Tu parlais à un fantôme dans ton miroir ? Marianne…

— *Écoute-moi, Justin, je t'en prie. Elle a dit qu'elle ne voulait qu'une semaine. Après tout, ce n'était pas grand-chose.*

— Pas grand-chose ? Donner ta vie à quelqu'un d'autre ?

Justin était stupéfait, mais il semblait la croire. Il avait senti la peur dans la voix de Marianne et lui faisait confiance.

— Pourquoi ne m'en as-tu pas parlé ? Je suppose que tu as essayé, mais je ne t'ai pas écoutée…

— *Je voulais tout te raconter, mais je n'ai pas pu. Elle m'avait prévenue de n'en parler à personne. J'ai cru bien faire en lui donnant une toute petite semaine de ma vie.*

Justin était ébahi.

— Je savais qu'il y avait quelque chose… Mais ça… Je ne l'aurais jamais cru.

Il secoua la tête, les yeux rivés sur l'eau.

— *J'ai cru que Juliette était douce et bonne, mais elle ne l'est pas. C'est elle qui a causé tous ces accidents : ceux de Mylène, de Marjolaine, de maman, de Manuel et de papa. Elle détestait ma grand-mère et veut se venger. C'est pour cela qu'elle est venue. Nous devions refaire l'échange ce soir à minuit. C'est ce qu'elle m'avait dit. Mais elle n'a jamais eu l'intention de me redonner mon corps. Elle a menti durant tout ce temps. Je ne l'ai découvert qu'aujourd'hui.*

— Mais, Marianne... qu'est-ce qui va se passer?

— *Si je ne trouve pas le moyen de la forcer à faire l'échange avant minuit ce soir, Juliette gardera mon corps et je serai prisonnière de cet horrible monde pour toujours.*

Il n'y avait rien d'autre à ajouter. Est-ce que Justin allait la croire?

Celui-ci demeura assis durant un long moment.

— Comment allons-nous la convaincre de refaire l'échange? demanda-t-il enfin.

Il allait l'aider. Il la croyait!

— *Juliette a une peur bleue du lac. C'est là qu'elle est morte. Tu te rappelles sa réaction lorsque tu lui as proposé d'aller faire un tour en bateau l'autre soir, au bar laitier? Si nous pouvions l'entraîner sur le lac, elle aurait peut-être assez peur pour accepter de quitter mon corps. Il faut qu'elle le fasse volontairement.*

Justin se leva, mais il ne savait pas où regarder.

— Que veux-tu que je fasse? demanda-t-il.

— *Il faut la trouver, Justin. Tout de suite. Il ne reste pas beaucoup de temps. Je t'aiderai et resterai auprès de toi, mais je dois être prudente. Si elle sent ma présence, elle se méfiera et n'acceptera jamais d'aller en bateau.*

— Si elle a peur à ce point, comment crois-tu que je parviendrai à la convaincre?

— *Tu peux le faire, Justin. Promets-lui une promenade romantique au clair de lune. Elle adore être seule avec toi. C'est notre seul espoir.*

— Tu crois qu'elle sera d'accord? demanda Justin, perplexe.

— *Je n'ai pas d'autre plan. Il faut que ça marche. À nous deux, nous pouvons la vaincre.*

La détermination dans la voix de Marianne sembla effacer le doute chez Justin.

— Allons-y, alors…

Il se mit à rire.

— … où que tu sois. Trouvons Juliette et proposons-lui un romantique tour de bateau.

— *Avant minuit,* lui rappela Marianne tandis qu'il courait vers la maison. *À minuit, il sera trop tard.*

À la lueur des lumières qui éclairaient la terrasse, Justin regarda sa montre. Vingt-trois heures trente. Il se mit à courir plus vite…

… et heurta Juliette en tournant le coin de la maison.

— Justin! s'exclama Juliette, heureuse de le voir. Je t'ai cherché partout! Cette ville est complètement morte ce soir. Il n'y avait personne au centre commercial. Laura et moi sommes donc allées au cinéma. Nous étions presque seules dans la salle. Personne à la pizzeria non plus. Où étais-tu, Justin?

Tout en demeurant à distance, Marianne vit Justin figer sur place. Écouter l'histoire de

Marianne était une chose ; mais être devant un fantôme en était une autre !

« Secoue-toi, Justin ! Si tu ne fais pas attention, elle saura que tu manigances quelque chose. Emmène-la sur le quai. Vite ! »

— Oh, chérie ! dit alors Justin en enlaçant Juliette. Je te cherchais aussi. J'ai une merveilleuse idée. Tes parents ne sont pas là, j'ai vérifié. Si on allait faire un petit tour en bateau, juste toi et moi ? Je connais une magnifique petite île de l'autre côté de la crique...

Juliette se dégagea de son étreinte et recula de quelques pas. Dans ses yeux se lisait la frayeur.

« C'est un bon début. Je veux qu'elle ait peur. »

— J'ai... terriblement mal à la tête, Justin, bégaya Juliette. Je suis rentrée pour prendre de l'aspirine et me coucher. Je ne veux pas avoir les yeux bouffis pour ma soirée d'anniversaire demain.

Justin l'attira contre lui.

— Je croyais que tu me cherchais, dit-il doucement.

— Oui, mais c'était avant d'avoir mal à la tête.

— Allez, Marianne. Juste toi et moi. Un romantique tour de bateau jusqu'à cette petite île, voilà tout ce dont tu as besoin.

Juliette secoua la tête.

— Non, Justin, je ne peux pas. Je te l'ai dit, je n'aime plus le lac. Ma mère...

— Ta mère va bien, protesta Justin d'un ton impatient. Ne fais pas l'idiote.

Il lui prit le menton et leva son visage vers le sien.

— Marianne, commença-t-il en souriant, j'ai trouvé que tu avais vraiment changé cette semaine. Tu es si différente, comme si tu avais soudain cessé d'être une petite fille. Mais si tu as peur d'être seule avec moi...

Juliette hésita. Marianne savait qu'elle pensait qu'il n'y aurait rien d'agréable à être Marianne sans Justin.

— Tu peux venir chez moi, murmura-t-elle. Tu as dit qu'il n'y avait personne.

« Vite, Justin, vite ! Ne la laisse pas gagner du temps ! »

— Juliette, dit Justin d'un ton ferme, je vais faire un tour de bateau. Si tu ne viens pas, je trouverai quelqu'un d'autre.

Il fit une pause.

— Vicki aime les tours de bateau, ajouta-t-il.

Le carillon annonça qu'il était minuit moins le quart.

« Quinze minutes ! Je n'arriverai jamais à me débarrasser de Juliette ! Elle va gagner. Oh non ! Elle ne peut pas gagner ! »

Le ton de Justin se radoucit.

— Une promenade au clair de lune, quoi de plus romantique ?

Sans attendre de réponse, il saisit le bras de Juliette et l'entraîna vers le quai.

— Il n'y a pas de lune, gémit Juliette, la voix tremblante.

158

— Elle se cache derrière un nuage. Elle sera là dans une minute.

Justin sourit.

— Elle attend que tu te décides ! Allez, viens !

Il sauta à bord du bateau à moteur et tendit la main à Juliette.

Celle-ci recula. Lorsque Justin fit démarrer le bateau et que la lanterne s'alluma, Marianne vit que le visage de Juliette était blême de peur. Elle se mordait la lèvre inférieure.

— Marianne, qu'est-ce que tu as ? dit Justin. Tu regardes ce bateau comme s'il s'agissait d'un monstre à deux têtes. Ton attitude est très étrange.

Marianne attendit.

Juliette hésitait toujours.

— Rien n'est plus romantique, dit Justin d'une voix mielleuse, que deux amoureux seuls sur une île.

Juliette monta dans le bateau.

Chapitre 21

Juliette s'assit, les poings serrés.

— Tu raffoleras de cet endroit, Marianne, dit Justin. C'est très isolé.

— Je ne pourrai pas rester longtemps.

Sa voix tremblait et elle scrutait le lac. Marianne savait qu'elle craignait qu'ils ne heurtent un rocher, bien qu'il n'y en eût pas dans cette partie du lac.

— Il est tard et je dois bien dormir si je veux avoir bonne mine demain. Tu n'as pas oublié ma soirée d'anniversaire, n'est-ce pas ?

« Ma *soirée, plutôt* », se dit Marianne.

Elle demeura à quelques mètres du bateau de peur que Juliette ne sente sa présence.

Le bateau se dirigea vers la crique.

Juliette se redressa sur son siège, paniquée.

— Justin, qu'est-ce que tu fais ? Il n'y a pas d'île là-bas. Seulement la crique.

— Je dois passer par la crique pour atteindre l'île, expliqua gaiement Justin. Détends-toi, nous y serons dans un instant.

— Non ! Je ne veux pas aller à la crique ! Je déteste cet endroit !

Justin jeta un regard vers Juliette.

— Depuis quand ? dit-il d'un ton moqueur. Je croyais que tu aimais bien la crique.

— Non. C'est trop dangereux. Des gens y sont morts.

— Écoute, dit Justin d'un ton calme. Nous allons la contourner, d'accord ?

Marianne était inquiète. Son plan ne fonctionnait pas. Ils étaient sur le lac depuis quelques minutes déjà, mais Juliette ne cédait pas.

Et il ne restait plus que dix minutes.

Se retrouver dans la crique — cet endroit dangereux où Juliette avait perdu la vie — serait-il suffisant ?

« Dépêche-toi, Justin, dépêche-toi ! »

Justin accéléra, fonçant droit vers la crique.

Juliette bondit sur ses pieds.

— Justin, tu m'as menti ! Tu ne la contournes pas ! Ralentis ! Qu'est-ce que tu fais ?

« Va-t'en, Juliette ! Maintenant ! » cria Marianne silencieusement. *« Tu sais que tu veux le faire ! Fais-le ! Redonne-moi mon corps ! Il m'appartient ! »*

— Justin, fais demi-tour ! Tout de suite ! Je veux rentrer chez moi !

« Ce n'est pas chez toi, Juliette, mais chez moi ! Va-t'en ! »

— Assieds-toi avant de tomber à l'eau, ordonna Justin à Juliette.

— Justin Carignan, j'exige que tu fasses demi-tour immédiatement ! Il fait froid et le vent se lève. Reconduis-moi à la maison !

Elle avait raison à propos du vent qui, depuis quelques minutes, soufflait avec fureur. Des nuages gris envahirent le ciel et le bateau se mit à tanguer. Juliette gémit et se rassit, s'agrippant aux bords du bateau, le visage défait par la peur. L'eau les éclaboussait.

— Justin ! hurla Juliette. Je t'en prie !

Marianne reprit espoir. Il y avait de la panique dans la voix de Juliette. C'était ce que Marianne attendait.

Elle décida que le temps était venu de faire savoir à Juliette qu'elle était là. Apprendre que Marianne et Justin avaient tout planifié ensemble suffirait peut-être à la faire céder.

Il ne restait plus que cinq minutes. Elle devait essayer.

— *Juliette, je suis là. C'est moi, Marianne.*

Juliette releva brusquement la tête, les cheveux trempés, et bondit sur ses pieds.

— Non ! Tu ne peux pas être là ! Va-t'en !

Justin conduisait toujours le bateau à haute vitesse, droit vers la crique.

— *C'est moi qui ai eu l'idée de cette petite excursion.*

— C'est impossible. Tu ne peux pas communiquer avec Justin. Je suis la seule à qui tu peux parler.

— *Ce n'est pas vrai. Justin et moi raisonnons de la même façon. Nous avons tous les deux l'esprit large et Justin a bon cœur. Tu as dit que c'était tout ce qu'il fallait, tu te rappelles ?*

Le bateau avait presque atteint la crique.

— Arrête-le ! cria Juliette, chancelante. Je ne peux pas aller là-bas ! Je ne peux pas !

— *Alors n'y va pas. Pars. Maintenant. Donne ton consentement, Juliette.*

Et, durant une petite seconde, Marianne crut que son plan avait fonctionné. Elle sentait que Juliette voulait fuir à tout prix l'endroit qu'elle détestait et craignait tant.

Mais, une seconde plus tard, la peur de Juliette fit place à une violente colère.

— Ce n'est pas aussi facile, Marianne ! cria Juliette. Je ferai faire demi-tour à ce bateau moi-même !

Et soudain, elle se lança sur Justin et se mit à le griffer, tentant de prendre les commandes du bateau.

— Fais demi-tour ! hurla-t-elle en le martelant de ses poings. Je retourne chez moi ! Et tu ne peux pas m'en empêcher !

Justin, en tentant de se protéger des coups de Juliette, perdit la maîtrise de l'embarcation. Marianne, horrifiée, regarda le petit bateau foncer tout droit vers un rocher qui se dressait, tel un iceberg, à la surface du lac.

Sous la force de l'impact, Justin fut projeté vers l'arrière sur le plancher du bateau.

Mais Juliette, poussant un cri à figer le sang, fut catapultée dans les airs avant de retomber dans les eaux bouillonnantes et sombres du lac.

Chapitre 22

Justin se releva. Le bruit du corps de Juliette heurtant l'eau le paralysa durant une seconde. Il se tenait debout dans le bateau, figé, lorsqu'elle disparut.

La lanterne, étanche à l'eau, était tombée lors de la collision et flottait maintenant à la surface de l'eau, jetant une lueur sinistre sur le visage de Juliette lorsque celle-ci remontait à la surface.

Justin vit Juliette essayer de crier tandis que l'eau envahissait sa bouche et son nez.

La bouche de Marianne. Le nez de Marianne. Il inspira profondément. C'était le corps de *Marianne* qui se noyait.

Justin se mit en équilibre sur le bord du bateau, se préparant à plonger dans le lac.

— *Non, tu ne peux pas y aller!* cria Marianne. *Justin, tu ne peux pas la sauver. Pas encore. Elle doit quitter mon corps de son plein gré. Je le fera d'une seconde à l'autre. Je le vois dans ses yeux. Elle ne peut supporter d'être dans l'eau. Il faut attendre.*

En entendant Marianne, Justin s'arrêta. Mais, voyant Juliette qui calait une fois de plus, il se dit : «Qu'est-ce qui arrivera si Juliette part, mais que le corps de Marianne est perdu à jamais ?»

Et, malgré les protestations de Marianne, il plongea dans l'eau sombre.

Le désespoir envahit Marianne. Elle avait cru que Juliette abandonnerait une fois dans l'eau. Pourtant, elle était toujours là et il ne restait que trois minutes.

Pourquoi Juliette continuait-elle à se battre ? Pourquoi n'avait-elle pas encore cédé ?

Puis, Marianne comprit. Juliette se débattait toujours parce qu'elle croyait que Justin allait la sauver. *«Elle ne sait pas qu'il n'est pas bon nageur et qu'il ne pourra jamais la sortir de là. Elle croit qu'elle sera hors de l'eau dans une minute ou deux, alors elle tient bon.»*

Marianne sentait que le temps filait. Il était trop tard. Elle avait parié et perdu. Le temps était écoulé.

«Je me noie», pensa-t-elle, désespérée. *«Ma vie va prendre fin, là, dans l'eau. Tout comme celle de Justin, car il n'y aura personne pour le sauver.»*

«Non ! Il ne faut pas que cela arrive ! Nous vivrons, Justin et moi. Juliette ne nous dérobera pas ce temps qui nous appartient. Je veux vivre ! Et je lui reprendrai ma vie !»

Marianne se dirigea vers Juliette, qui disparaissait sous l'eau encore une fois. Justin tentait de l'atteindre, mais le vent qui soufflait l'en empêchait. Malgré tous les efforts qu'il déployait, il était en train de perdre la bataille.

D'un jaune verdâtre à la lueur de la lanterne, le visage de Juliette était maintenant déformé, grotesque. Dans ses yeux se lisait la panique.

— *Rends-moi ce qui m'appartient,* exigea Marianne. *Justin ne peut pas te sauver, Juliette. Le vent est trop violent et le courant, trop fort. Tu vas mourir ici. Encore une fois.*

Juliette lui répondit mentalement.

— *Tu mens. Ce n'est pas vrai.*

— *Écoute-moi! IL NE PEUT PAS TE SAUVER! Personne ne le peut. Mon corps se noie et ne te servira plus à rien. Abandonne. Redonne-moi mon corps.*

Justin refit surface, haletant. Il tentait toujours d'atteindre Juliette. Il réussit à saisir son col et, avec un effort suprême, la hissa hors de l'eau, essayant désespérément d'agripper le bord du bateau. Il n'y parvint pas et ils coulèrent tous les deux de nouveau.

Dans son esprit, Marianne entendit le carillon de l'horloge. *Bong, bong, bong...*

— *Juliette, tu as perdu. Je suis Marianne et je veux récupérer mon corps,* commença-t-elle à répéter. *Je suis Marianne et je veux récupérer mon corps. Je suis Marianne et...*

Les yeux de Juliette n'étaient plus que deux orbites jaunes.

— *Nooon*, gémit-elle, *nooon. Ma soirée d'anniversaire, ma soirée...*

— *Non, Juliette. C'est ma soirée d'anniversaire. Et elle n'aura pas lieu, si tu te noies. Je suis Marianne et je veux récupérer mon corps. Je suis Marianne et je veux...*

Les yeux de Juliette se refermèrent.

— *Pas de soirée d'anniversaire ? Justin ne me sauvera pas ?*

— *Non, Juliette. Il ne peut pas. Tu te noies. Encore. Comme avant.*

Bong, bong, bong, bong...

La bouche de Juliette forma un cercle.

— *Marianne ! Le voilà ! Voilà ton corps. Je te le redonne de plein gré. Je n'ai pas le choix. Je ne peux rester dans cet endroit horrible. Prends-le. Tu ne me reverras ni ne m'entendras plus jamais.*

Bong... bong... bong...

Avec un soulagement intense, Marianne récupéra son corps.

Bong.

La sensation de légèreté des derniers jours quitta Marianne, qui se retrouva dans l'eau, soutenant Justin, épuisé. Le vent tomba et le lac devint aussi calme qu'un étang.

— C'est moi, Justin, haleta Marianne. Vraiment moi. Juliette est partie. Pour toujours.

Justin, à bout de forces, se contenta d'acquiescer faiblement.

S'aidant mutuellement, ils regagnèrent le bateau et s'étendirent sur le plancher, essoufflés et frissonnants, mais soulagés.

Au bout d'un moment, Justin prit la main de Marianne. Même s'ils étaient transis, leur étreinte leur apporta chaleur et réconfort.

Lorsqu'elle se sentit plus forte, Marianne se leva et trouva deux couvertures de laine grise dans un coffre d'acier sous l'un des sièges. Puis, bien emmitouflée, elle tenta de démarrer le moteur. Celui-ci toussa, s'étrangla, puis démarra.

Justin se tint près d'elle tandis qu'elle faisait reculer le bateau endommagé et qu'elle l'éloignait de la crique. Puis, il passa un bras autour d'elle.

— Un jour, dit-il calmement, tu me raconteras tout en détail. Je veux tout savoir. Mais pour l'instant, rentrons. Une très importante soirée d'anniversaire a lieu demain, tu te souviens?

Marianne sourit et fit un signe affirmatif.

Épuisée mais heureuse, elle guida le bateau vers la maison. La lune surgit derrière un amoncellement de nuages gris, se reflétant sur l'eau sombre et paisible du lac.

FIN

DANS LA MÊME COLLECTION

Payette & Simms inc.

Achevé d'imprimer en septembre 2001 sur les presses de
Payette & Simms inc. à Saint-Lambert (Québec)